Stefanie Höfler
Tanz der Tiefseequalle

Tanz der Tiefseequalle wurde mit dem LUCHS des Jahres von Radio Bremen / DIE ZEIT ausgezeichnet und für den Deutschen Jugendliteraturpreis und den Deutsch-Französischen Jugendliteraturpreis nominiert.

Für alle meine Freunde,
mit denen man sogar unter Wasser lachen kann

Stefanie Höfler

Tanz der
Tiefseequalle

Roman

GULLIVER

Ebenfalls lieferbar: »Tanz der Tiefseequalle« im Unterricht
in der Reihe *Lesen – Verstehen – Lernen*
ISBN 978-3-407-63088-9
Beltz Medien-Service, Postfach 10 05 65, 69445 Weinheim
Kostenloser Download: www.beltz.de/lehrer

Dieses Buch ist erhältlich als:
ISBN 978-3-407-74889-8 Print
ISBN 978-3-407-74746-4 E-Book (EPUB)

© 2018 Gulliver
Beltz Verlagsgruppe GmbH & Co. KG
service@beltz.de
Werderstraße 10, 69469 Weinheim
Alle Rechte für diese Ausgabe vorbehalten
Die Verlagsgruppe Beltz behält sich die Nutzung ihrer Inhalte für Text
und Data Mining im Sinne von § 44b UrhG ausdrücklich vor.
© 2017 Beltz & Gelberg
Lektorat: Barbara Gelberg
Neue Rechtschreibung
Einbandgestaltung: Franziska Walther/SEHEN IST GOLD
Layout: Antje Birkholz
Druck und Bindung: Beltz Grafische Betriebe, Bad Langensalza
Beltz Grafische Betriebe ist ein Unternehmen mit finanziellem
Klimabeitrag (ID 15985-2104-1001).
Printed in Germany
15 16 17   27 26 25

Weitere Informationen zu unseren Autor:innen und Titeln
finden Sie unter: www.beltz.de

Stell dir mal vor, du würdest so aussehen«, sagt Melinda zu mir. Klar, sie spricht wieder mal aus, was alle anderen nur denken. Melinda eben. Die sagt dauernd Sachen, die man nicht sagen muss, weil jeder sie sehen kann. Ich sag nichts, kicher nur ein bisschen. Kann mir echt nicht vorstellen, so auszusehen wie Niko. Aber klar starr ich ihn auch weiter an und schäm mich ein bisschen dafür. Ist allerdings ein nicht ganz ernst gemeintes Schämen, weil es zu einem guten Stück mit Erleichterung vermischt ist. Nämlich, dass ich nicht so aussehe wie Niko. Dass er Pech gehabt hat und ich Glück. Das Leben ist ungerecht. Ziemlich fies, ich weiß.

Niko steht mitten auf der Wiese. Da lungert die halbe Schule in der Pause rum, sobald es über 17 Grad ist. Aber Niko steht da jetzt nicht freiwillig rum. Wer so aussieht, stellt sich nicht in die Mitte auf die Wiese. Kann ihn ja jeder sehen. Und sehen heißt in seinem Fall anglotzen.

Eigentlich heißt er Nikolaus. Kein Wunder, dass er sich lieber Niko nennt, sieht ja aus, wie ein junges Walross. Nicht schwabbelig-dick, eher fest, wie diese Gummitiere im Freibad, prall aufgeblasen. Ist einfach insgesamt zu viel dran an seinem Körper. Dann weiße Haut, wie Papier, obwohl man nie viel davon zu sehen bekommt. Meistens ist er in langen Hosen und Pullover. In dunklen Farben, dunkelblau, schlammbraun und so. Klar, der will verstecken, was geht.

Es ist jetzt nicht so, dass ich mir dauernd Gedanken über Niko mach. Ich vergess ihn immer, wenn nicht grad so was wie heute passiert. Auch wenn er in meiner Klasse ist, hatte ich eigentlich noch nichts mit ihm zu tun. Seine tiefe Stimme, die hat mich aber schon überrascht, weil irgendwie wart ich wegen dem schwammigen Körper immer auf was Quietschendes, Wabbeliges. Kann eine Stimme wabbelig sein? Ist jedenfalls richtig tief und klar, die Stimme, irgendwie angenehm.

Ja gut, und die Sache im Sportunterricht vor Kurzem. Dass der Dicke es im Sport nicht leicht hat, damit muss er rechnen. Die Aktion mit dem Handtuch war aber überdurchschnittlich fies. Fand ich nicht okay, dass die andern ihm die Kleider weggenommen haben, während er geduscht hat. Und er musste dann im Handtuch über den ganzen Sportplatz. Im Sekretariat haben die ihm irgendwelche Kleider aus der Fundkiste gegeben, die hatte er dann den Rest des Tages an. Haben ihm natürlich nicht gepasst, sah aus wie ein zu fest gestopfter Boxsack, weil dem passen ja keine normalen Kleider. Kam er also in den zu kleinen Kleidern zu spät in Mathe, die Hose konnte er nicht mal richtig zumachen, und alle wussten schon Bescheid. Weil Marko die ganze Geschichte natürlich schon in der Pause rumerzählt hatte. Aber Niko, der kam ins Klassenzimmer, als wär nichts passiert. Sah nicht mal verheult aus. Hat sich einfach auf seinen Platz gesetzt mit der offenen Hose – muss man sich mal vorstellen, irgendwie fast schon cool. Die meisten haben natürlich gelacht, als er reinkam. Okay, ich auch, bisschen jedenfalls. Mitgelacht eben. Obwohl ich's nur mittelwitzig fand. Sagen wollt ich aber auch nichts, vielleicht wegen Marko.

Marko, der ist das exakte Gegenteil von Niko. Marko macht Leichtathletik und hat so was Ähnliches wie den Sixpack, den alle Jungs unbedingt haben wollen. Und in Sport hat er natürlich keine Probleme, dafür in Mathe und Deutsch. Dann natürlich die lässige Frisur, so dicke schwarze Haare, seitlich ausrasiert und vorne fallen sie in die Stirn. Seit er diese Frisur hat, haben sich mindestens drei andere aus der Klasse dieselbe Frisur schneiden lassen. Blöde Ideen hat er dauernd, der geht allen Lehrern auf die Nerven. Manchen von uns auch, mir zum Beispiel, jedenfalls manchmal. Anscheinend findet er mich gut. Melinda sagt, wir könnten das Traumpaar der Klasse werden. Klingt ein bisschen neidisch, wenn sie das sagt. Ich weiß nicht. Hab noch nie einen Freund gehabt. Weiß ehrlich gesagt nicht mal, ob ich einen will. Marko, na ja, ich find den schon auch irgendwie gut. Alle finden den gut.

Und dass Niko da jetzt mitten auf der Wiese steht, hat auch wieder was mit Marko zu tun, ist ja klar. Marko, Jan und ein paar andere haben Nikos Rucksack hoch in den Baum geworfen und jetzt lachen sie sich natürlich halb tot.

»Bin gespannt, was er jetzt macht.« Melinda kaut auf ihren Fingernägeln rum. Neonpink, halb abgeblättert. Dann bindet sie sich die Haare zum Pferdeschwanz. Die sind schwarz. Muss mich noch dran gewöhnen, gestern war sie noch blond. Melinda wechselt oft die Haarfarbe. Jetzt sieht sie so aus, wie wenn sie ihre Lieblingsserie anschaut. Halb gelangweilt, halb interessiert und dabei total gechillt. Und ich seh wahrscheinlich so ähnlich aus. Wir sitzen auf der kleinen Mauer neben der Wiese und gucken in dieselbe Richtung.

Ziemlich weit oben im Baum baumelt Nikos Rucksack, himmelblau vor himmelblau. »Räuberleiter«, sag ich. Melinda kichert. Ich fass mich gern kurz. Fällt meistens gar nicht so auf, weil die anderen reden umso mehr.

Niko steht unter dem Baum, Hände in den Hosentaschen, und schaut nach oben. Wenigstens macht er nicht den Fehler, zu springen, um irgendwie an seinen Rucksack ranzukommen. Das wär peinlich, weil ihm dann sicher auch noch das T-Shirt aus der Hose rutschen würde und man seinen Walrossbauch sehen könnte, wie er auf und ab wippt. Und dann: Lachflash auf der ganzen Wiese. Und falls er den Rucksack dann wirklich irgendwie runterbekäme, ist ja klar, dass Marko ihn gleich noch mal hochwerfen würde. An Nikos Stelle würd ich also auch erst mal warten, bis alle weg sind.

Muss echt die Ruhe weg haben, der Typ. Der sieht gar nicht aufgeregt aus. Vielleicht spielt er gerade verschiedene Möglichkeiten durch, wie er wieder an seine Sachen rankommt. Aber mal ehrlich, viele Möglichkeiten hat er nicht. Nicht halb so viele Möglichkeiten wie jemand, der dünn ist, jedenfalls. Ich, ich würd natürlich hochklettern. Würd aber vorher auch warten, bis alle weg sind. Muss ja nicht jeder wissen, dass ich gern auf Bäume kletter.

Es klingelt, Ende der Mittagspause. Ich such meine Sachen zusammen, schiel aber weiter zu den Jungs rüber.

Niko steht immer noch da wie angewachsen und schaut hoch zum Rucksack. X-beinig, hängende Arme, rostbraunes Schlabberoberteil, Jeans hinten am Arsch bisschen heller und ausgebeult.

»Hypnose, oder was?«, murmelt irgendwer neben mir. Allgemeines Gelächter.

Melinda grinst. »Kommst du, Sera?«, fragt sie mich, als ich mich nicht gleich bewege.

Ich glaub, ich würd jetzt heulen, wenn ich der wäre. Ich seh Marko, wie er ganz nah an Niko ranschlendert, sich die Haare aus dem Gesicht schleudert und grinst. »Ist echt ein super Kletterbaum«, sagt er laut zu Niko.

Ich bin beinahe sofort auf die Idee mit dem Sprunganzug gekommen. In den Anzug aus Naturkautschuk würde man von oben hineinsteigen, und unten an den Füßen wären zwei Sprungfedern, die so sensibel auf Druck reagieren, dass man damit genau so hoch springen kann, wie es gerade nötig ist. An der Seite des Anzugs wären mehrere feinmotorische Tentakel befestigt, die automatisch nach dem Gegenstand greifen, an den man ohne Sprunganzug niemals herankäme. Der Anzug wäre maximal dehnbar und würde sich dem Körper ideal anpassen, sodass jeder, der ihn benutzen möchte, hineinpasst, ohne den Bauch schmerzhaft einzuquetschen. Auch ich.

Der Ahornbaum, der mitten auf der trostlosen Wiese vor unserem Schulgebäude steht, ist circa zehn Meter hoch und hat eine breite Krone mit buschigem Blattwerk, in der hier und dort Luftballonfetzen hängen, ein paar einsame Schnüre, ein komplett durchlöcherter rosa Kinderhandschuh und eine hellblaue Jungenunterhose (ausnahmsweise nicht meine). Etwas unterhalb von der Stelle, an der der erste Ast entspringt, ist der Stamm mit rotem, blauem und gelbem Garn umhäkelt – eine Art Anti-Schulhofgrau-Verzierung. Mein Rucksack hängt knapp über der Häkelei. Mit dem multifunktionalen Sprunganzug spränge ich problemlos so hoch, noch bevor Marko und allen anderen die Augen aus dem Kopf fallen würden.

Es ist jetzt nicht so, dass ich in den letzten acht Minuten nur den Sprunganzug erfunden habe. Vielmehr habe ich eine

Auswahl an Möglichkeiten in Betracht gezogen, meine Sachen wieder vom Baum herunterzubefördern, zum Beispiel einen vollautomatischen Roboteraffen oder die stoffmagnetische Riesenpfanne. Der Sprunganzug gefällt mir aber am besten. Bloß stehen im Augenblick weder Sprunganzugmaterialien noch besonders viel Zeit zur Verfügung. Also warte ich auf das Klingeln und damit logischerweise darauf, dass alle anderen ins Schulgebäude gehen.

Ich gehe zum Hausmeister. Herr Krauss macht schon auf, bevor ich klingeln kann. »Nikolaus! Guten Morgen.« Seine Glatze glänzt. Aus seiner Wohnung strömt mir die übliche etwas gewöhnungsbedürftige Geruchsmischung aus frischer Wäsche und gerösteten Zwiebeln entgegen.

»Guten Morgen«, sage ich brav, obwohl gerade die Mittagspause vorbei ist. »Haben Sie ein langes Seil für mich?«

»Klar.« Er hat das aufgewickelte Seil schon in der Hand. In der anderen hält er eine leere Kabeltrommel.

»Ich dachte, die kannst du daran festbinden«, erklärt er lächelnd. »Soll ich dir helfen?«

»Nein, danke. Ich glaub, ich schaff es alleine.«

»Die Sachen kannst du mir nachher einfach wieder hinstellen«, sagt er und zeigt auf den dunkelroten Fußabtreter, nickt mir zu und schließt leise die Tür.

Ich brauche nur zwei Anläufe, bis ich den Rucksack an der richtigen Stelle treffe und er mitsamt ein paar kleinen Ästen neben mir zu Boden geht. Heute ist mein Glückstag, nicht mal mein Apfel ist Matsch, denn der Rucksack ist zufällig auf der richtigen Seite gelandet. Ich komme auch nur ein bisschen zu spät in den Unterricht. Das sind meine Lehrer gewöhnt. Keiner stört sich besonders daran und so kann ich in Mathe jetzt gleich eine detaillierte Skizze des Sprunganzugs machen. Es ist schließlich durchaus wahrscheinlich, dass ich ihn noch mal brauche, und besonders nützliche Erfindungen skizziere ich immer direkt, für eine bisher undefinierte Zukunft, in der ich Gelegenheit haben werde, alle meine Erfindungen zu realisieren.

Natürlich könnte ich behaupten, dass ich selber gar nicht daran denke, dass ich dick bin, nur wäre das leider gelogen. Mir ist voll und ganz bewusst, dass ich eine Figur wie ein Michelin-Männchen habe: massive Schultern, stämmige Beine, die wegen des Gewichts von hinten ein leichtes X formen, und spekkige Knie mit Grübchen wie bei einem Baby. Meine Hosen sind so groß, dass eineinhalb Leute darin Platz finden würden. Ich bin mir ebenfalls darüber im Klaren, dass mich manche Leute in der Klasse Mondgesicht nennen und andere noch viel unangenehmere Namen für mich haben. Ich bin ja nicht blöd. Manche Schimpfwörter hat todsicher jeder Dicke schon mal gehört, die kann ich nach ihrer Häufigkeit sortiert aufsagen: fette Sau, Fettsack, dickes Schwein, Tonne, Obelix, Dampfwalze. Dämlich, aber wenigstens einfallsreicher sind: Doppelarsch, Fettauge oder Schweinebauch. Und dann gibt es auch noch die ganz originellen Beschimpfungen wie zum Beispiel »Von hinten sieht er aus wie ein Panzer!« oder »Du bist so dünn, wie ein Hundeschiss lecker ist«.

Ich höre immer, was andere über mich reden – wie ein Elefant, von dem man sagt, dass er trotz (warum eigentlich trotz?) seiner imposanten Größe besonders empfindlich ist. Allerdings sind bei mir nur die Ohren empfindlich, ansonsten finde ich mich relativ robust. Ich ignoriere Spitznamen und Angriffe, so gut ich kann. Und ich kann es eigentlich gar nicht so schlecht. Seit ein paar Jahren habe ich sogar das mit dem Heulen ziemlich gut unter Kontrolle. Nicht mal, als die anderen nach dem Sportunterricht meine Kleider geklaut haben, habe ich geheult, obwohl es das Schlimmste war, was mir passiert ist, seit ich auf diese Schule gehe, auf jeden Fall mindestens fünf Mal so schlimm wie jetzt der Rucksack im Baum.

Osman sagt, Sachen erfinden kann man auch, wenn man dick ist, womöglich sogar besser, weil man nicht über die Hälfte seiner Lebenszeit damit vergeudet, seinen eigenen Körper zu bewundern oder dafür zu sorgen, dass andere ihn bewundern. Und weil man im Alltag viel öfter improvisieren muss als ein Dünner und somit ständig seine Fantasie trainiert. Und Osman muss es wissen, denn immer, wenn in seiner winzigen Autowerkstatt gerade nichts los ist, verschwindet er nach hinten in seinen Abstellraum und bastelt irgendwelche Gerätschaften zusammen, die man für absolut alles oder absolut nichts verwenden kann. Osman ist es nämlich, der mich mit seiner Begeisterung für verrückte Erfindungen überhaupt erst angesteckt hat. Das war kurz nachdem ich hierher zu Großmama gezogen bin und ziemlich bald angefangen habe, fast jeden Nachmittag in seiner Werkstatt herumzulungern, die gleich um die Ecke ist. Osman kennt sich also aus mit absurden Erfindungen. Vor allem aber kennt er sich aus mit Dicksein – denn er ist schon fünfzehn Jahre länger dick als ich.

Jetzt mach ich mir echt Gedanken um Niko. Keine Ahnung, wieso plötzlich. Frag mich, ob er schon immer so war, so dick. Oder warum er eigentlich dick ist. Gibt ja so Krankheiten, da kann der Körper das, was man isst, nicht richtig verwerten oder so. Oder er hat Fresssucht, das ist so was wie das Gegenteil von Magersucht. Da kann jemand einfach nicht aufhören zu essen, weil er irgendein Problem hat. Vielleicht ist es auch vererbt und der hat einfach dicke Eltern. Hab sie zwar noch nie gesehen, aber ich stell mir vor, dass ich sie sofort erkennen würde. So wie bei meiner Familie, wo man's auch sofort sieht, dass wir zusammengehören. (Hauptsächlich an der Flut aus schwarzen Haaren!) Kann mich gar nicht mehr auf Mathe konzentrieren.

Da kommt er rein, Niko, ganz normal. Setzt sich hin, ohne Entschuldigung. Stuhlächzen. Alle gucken kurz. Die Lehrer sagen nie was. Ist ja auch klar, warum der zu spät kommt. Die Lehrer, die haben sicher auch Angst, dass Nikos Eltern sich beschweren, egal, ob die jetzt dick sind oder nicht. Mobbing, Diskriminierung und so. Seinen Rucksack hat er auch dabei. Hat ihn also runtergekriegt. Ich frag mich, wie. So schnell auch noch, das waren ja kaum fünf Minuten. Setzt sich also hin, packt aus, und dann fängt er direkt an, was auf seinen Block zu kritzeln. Was denn? Kann ich nicht erkennen. Würd mich jetzt interessieren. Aber ist ja klar, dass der sich auch für irgendwas interessiert. Aber für was? Sport natürlich nicht. Mädchen auch nicht. Was Wissenschaftliches vielleicht? Was, wo man sich nicht bewegen muss, jedenfalls.

Wofür ich mich interessier? Musik, Kleidung, Filme. Sagt man so, klar. Der Rest ist Geheimnis. Das mit dem Klettern zum Beispiel. Ich pass auf, dass ich nicht auffalle, machen doch alle so. Gibt sonst nur Stress. Ich sag also zum Beispiel, dass ich mit meinen Eltern Ärger hab, sie aber auch mag. Was so ungefähr hinkommt. Dass mir Schule ziemlich egal ist, aber auch nicht ganz. Was auch so ungefähr hinkommt. Dass mir meine Herkunft wichtig ist. Melinda liebt Albanien, sagt sie. War zwar erst ein Mal da, aber trotzdem. Ja, und ich liebe eben Ägypten, sag ich. Dabei war ich noch nie da. Stell mir das irgendwie vor, klar, heiß und viel Wüste, und Kairo kenn ich von Babas alten Fotos. Spielt aber eigentlich keine Rolle. Mein Name bedeutet Prinzessin. Baba nennt mich so. Vielleicht auch nur, weil ich bei uns das einzige Mädchen bin. Wir reden Deutsch zu Hause. Das Essen find ich leckerer als bei Melinda. Aber ob das jetzt so ist, weil das Essen ägyptisch ist, was weiß ich. Vielleicht kann meine Mutter einfach besser kochen. Ich seh auch nicht aus wie die Nofretete-Büste, die wir uns in Geschichte mal angesehen haben. Die berühmteste Ägypterin, hat Herr Frey gesagt. Haben sich natürlich alle gleich zu mir umgedreht. So nervig. Ist irgendwie alles nicht so wichtig für mich. Aber was ist schon wichtig? Das Zusammensein mit den anderen, das mag ich an der Schule. Das dauernde Gelaber und Gelächter und ich gehör dazu, bin mittendrin.

Am Wochenende ist Klassenausflug. Hab lange gebraucht, meine Eltern zu überzeugen, dass ich mitdarf. Zu teuer. Und wer weiß, wann du da ins Bett gehst. Und die Jungs. Baba ist manchmal echt streng. Hat dann aber doch verstanden, dass ich da einfach mit muss. An meinen Noten gibt's nichts zu meckern, und Belohnung muss sein, sagt er ja selber immer. Also darf ich.

Keiner redet über was anderes, seit Wochen. Zimmeraufteilung, Bierdosen schmuggeln, Kanuausflug, Kletterpark, wer knutscht als Erstes und so. Wenn Baba wüsste. Alle gehen mit, sogar Niko. Ob der sich auch freut? An seiner Stelle hätt ich Schiss.

Ich pack mein Schulzeug ein. Bin wie immer die langsamste. Nur Niko braucht noch länger. Aber der weiß auch, warum, der lässt den anderen lieber Vorsprung, dann hat er eine Chance, dass sie schon weg sind, wenn er rauskommt. Melinda lacht immer über mich. »Bin halt perfektionistisch«, sag ich. Ist der einzige Tick, den ich mir leiste – die superaufgeräumte Schultasche. Muss sowieso allein nach Hause laufen, keiner geht in meine Richtung. Da kann ich so langsam schlendern, wie ich will, und komm später nach Hause. Muss ich meiner Mutter weniger von der Schule erzählen. Und vielleicht hat Farid schon die Haustreppe gefegt, wenn ich später komm, und ich muss es nicht mehr machen. Okay, das wär echt Zufall. Farid ist so faul wie alle älteren Brüder.

Vor der Hausmeistertür steht eine leere Kabeltrommel. Ein Seil ist drangeknotet und es kleben Blätter dran. Aha, Rucksack-Rettungsplan durchschaut.

Niko geht an mir vorbei. Schlurft so komisch. Von hinten sieht man's richtig: totale X-Beine. Melinda hat mal gesagt: Von hinten sieht er aus wie ein Panzer. Stimmt ja, aber sagen kann man so was doch nicht. Gott sei Dank hat der das nicht mitgekriegt.

Jetzt dreht er sich um. Als hätt er meine Gedanken gehört. Ich winke. Wieso wink ich dem jetzt? Mann, wenn das Marko gesehen hat. Ich schau mich sofort um. Dann find ich's so was von blöd. Wieso schau ich mich denn um, wenn ich einem winke? Ich kann ja wohl winken, wem ich will!

»Tschüs!«, ruf ich jetzt laut und bisschen zu schrill. Will mir wahrscheinlich was beweisen. Dass ich selber entscheiden kann, was ich mache, oder so.

Dass Sera mir plötzlich zuwinkt, irritiert mich einigermaßen. Wenn mir jemand zuwinkt, dann ist das normalerweise nicht ernst gemeint, sondern das Winken ist sozusagen mit ironischen Zacken versehen und beim näheren Hinsehen von einem fiesen Grinsen begleitet. Seras Winken aber ist zackenlos, freundlich, normal. Ich frage mich sofort, ob heute irgendein besonderer Tag ist, ob ich etwas falscher oder richtiger gemacht habe als sonst, vor allem, als sie mir dann auch noch ein Tschüs hinterherruft. Ich hoffe, das ist kein Ablenkungsmanöver, und hinter der nächsten Ecke stehen womöglich Marko und Jan, um mich zu überfallen und zu malträtieren.

Sera gehört zu Markos Clique, und ich kann mich nicht erinnern, dass wir schon einmal auch nur ein Wort gewechselt haben. Sera ist Ägypterin, und ich glaube, das ist ihr auch relativ wichtig, denn sie betont es in beinahe jedem Gespräch, das ich bisher mitbekommen habe. Sie sieht auch ein bisschen aus wie Nofretete, deren Büste wir in Geschichte einmal angesehen haben. Sie hat lange schwarze Haare und ein völlig symmetrisches Gesicht, mit großen dunklen Augen und flügelförmig geschwungenen breiten Augenbrauen. Viel mehr könnte ich nicht über sie sagen.

Als mein Freund Little und ich sie einmal im Supermarkt getroffen haben, erstarrte Little zwischen Obstkonserven und Gemüsedosen zur Salzsäule – was ziemlich verrückt aussah, weil Little sonst wirklich immer in Bewegung ist. Seit man ihm attestiert hat, dass er hyperaktiv ist, tut er alles dafür, dass das auch wirklich jeder sofort merkt. Als er aus seiner Supermarkt-Starre erwachte, behauptete er, noch nie eine solche morgenländische Schönheit gesehen zu haben wie Sera. Little übertreibt gerne maßlos, nicht nur mit seinen Bewegungen, sondern auch verbal.

Außerdem macht er sich deutlich mehr Gedanken um Mädchen als ich. Und obwohl er den meisten Mädchen nur bis zur Nasenspitze reicht, kann er sich solche Gedanken mit viel größeren Erfolgsaussichten machen. Vielleicht liegt es an seinem frechen schiefen Grinsen, vielleicht liegt es auch daran, dass er selbst ebenso frech ist wie dieses Grinsen: Er macht Dinge einfach, statt lange darüber nachzudenken, und das übt auf die meisten Menschen eine nicht zu unterschätzende Faszination aus. Jedenfalls hat er schon drei Mädchen geküsst, das weiß ich von Osman. Little selbst hat nie damit angegeben, er spricht mit mir selten über Mädchen. Viel lieber reden wir über absurde Sachen, die keinerlei Übereinstimmung mit unserem Leben haben. Die neuesten Erkenntnisse der Menschenaffenforschung zum Beispiel oder kanadisches Bowling, historische Superheldencomics, weiß der Himmel. Hypothetische Dialoge nennen wir das.

Die Schule verdränge ich, sobald ich den Schulhof hinter mir lasse, und mein Wochenende beginnt traditionell mit Großmamas Freitagnachmittagsschweinebratenfest. Aber dieses Wochenende ist Klassenausflug.

»Du musst da nicht hin«, hat Großmama gesagt. Sie hat dabei ihre Kaffeetasse so schräg gehalten, dass ein großer Schluck ihres rabenschwarzen Kaffees über die Zeitung geschwappt ist. Der Ton in ihrer Stimme hat alles gesagt.

»Ich will aber.«

Großmama hat mich scharf angeschaut und ihre blöde Riesenbrille mit den uringelb gefärbten Gläsern ganz vorn auf ihre Nase runterrutschen lassen. Ich habe die Luft angehalten, weil ich mir einbilde, dass man dann weniger gut sehen kann, was ich denke. So stark ist mein Wunsch nämlich auch wieder nicht, mich von Freitagmorgen bis Sonntagabend von meinen Mitschülern demütigen zu lassen, ohne zwischendurch wenigstens bei Osman in der Werkstatt Zuflucht zu suchen. Ganz zu schweigen von all den Aktivitäten, die man an so einem Wochenende über sich ergehen lassen muss und von denen die meisten nur dazu erfunden wurden, übergewichtige Achtklässler zur Verzweiflung zu bringen. (Allein beim Gedanken an einen Kletterpark wird mir schon schlecht.) Aber Großmama macht sich schon genug Sorgen um mich. Zwar bin ich wahrscheinlich das Einzige, was ihr auf der Welt überhaupt Sorgen macht, aber genau darum möchte ich es eigentlich vermeiden.

Little teilt übrigens ihre Sorge um mich. Als ich an diesem Donnerstagnachmittag mit ihm auf unserer Lieblingsparkbank sitze, zieht er ein gerolltes Blatt Papier aus der Tasche und streicht es umständlich auf seinem Schoß glatt.

»Last-minute-Gründe für Nikolaus, um nicht auf den Klassenausflug mitfahren zu müssen«, sagt er todernst. Er versucht dabei, zwei Oktaven tiefer zu sprechen, als es seine eher helle Stimme eigentlich erlaubt.

»Oh Mann, Little!«, sage ich nur. Natürlich behaupte ich jetzt nicht, dass ich mich wie ein Schneekönig auf dieses Wochenende freue, das würde er mir sowieso nicht glauben.

»Ich fang mal seriös an, ja?« Er räuspert sich. »Nikolaus ist durch die Bewältigung seiner Familiensituation traumatisiert und neigt in Extremsituationen zu Aggressionen«, doziert Little und erklärt unnötigerweise: »Ich hab es aus Sicht deiner Oma geschrieben, weil die das ja unterschreiben muss.«

Ich sage kein Wort. Er weiß genau, dass ich mit niemandem über meine Eltern spreche, nicht einmal mit ihm.

»Ouuu!«, heult er auf, jetzt wieder mit seiner normalen hellen Stimme. »Ich hab ganz vergessen, dass du nicht so gern von deiner Familie erzählst.«

Ich ziehe eine Grimasse, und Little schlägt fröhlich die Beine übereinander, so, wie das außer ihm nur Mädchen machen, und fängt an, mit der Fußspitze zu wippen. »Aufgrund seines leichten Übergewichts ist demnächst bei Nikolaus eine Herzklappeninsuffizienzmaßnahme geplant, weshalb jede außergewöhnliche Anstrengung dringend zu vermeiden ist«, fährt er unbeirrt fort.

An seinen Formulierungen ist jedenfalls nichts auszusetzen. Sicher hat er recherchiert. Ich kann sehen, dass er seine eigenen Vorschläge grandios findet, sein ganzes Bein wippt jetzt, und mit seinen Fingern trommelt er auf seinem Schoß herum. Bald wird ihn nichts mehr auf der Bank halten können.

»Na gut, du wolltest es so.« Er macht eine dramatische Pause, unterdrückt alle hyperaktiven Little-Ticks und beugt sich zu mir herüber. »Nikolaus neigt zu Käsefüßen, für die er sich sehr schämt.« Ich deute Applaus an, aber er beachtet mich jetzt kaum noch. Seinen Trumpf hat er noch im Ärmel: »Ich, Nikolaus' Großmutter, liege mit einer Lungenentzündung in der Städtischen Klinik und muss von Nikolaus täglich betreut werden, besonders am Wochenende ist die Versorgungslage aufgrund des Ärztemangels besorgniserregend«, fährt Little fort und unterbricht sich, als ich die Luft scharf durch die Nase einziehe.

»Lass Großmama da raus!«, knurre ich.

»Ach, die *Großmama*!«, ruft Little und schaut mich an. »Du fährst nur wegen deiner Oma!«

»Ja«, sage ich knapp. Leugnen ist bei Little zwecklos.

»Die sich sonst noch mehr Sorgen um dich macht und einen Herzinfarkt kriegt.«

»Großmama kriegt keinen Herzinfarkt.«

»Wäre jedenfalls besser, wenn nicht. Sonst stecken sie dich doch noch in ein Heim für diätbedürftige Minderjährige!«

»Little, ich liebe dich«, sage ich matt.

»Dann fahr eben«, sagt er trocken. »Fahr und lass dich auseinandernehmen. Aber beschwer dich danach nicht bei mir. Und vergiss nicht, Taschentücher einzupacken.«

»Ich erfinde lieber bei Bedarf den hosentaschengroßen Fluchtbeamer mit erinnerungszerstörender Sonderfunktion«, murmle ich, aber da ist er schon winkend davongehüpft. Natürlich kann Little sich auch nicht verabschieden wie ein normaler Mensch.

Auf dem Heimweg gehe ich bei Osman vorbei, der gerade ein Rücklicht repariert. Er kniet hinter einem roten Corsa und sieht dabei aus wie ein freundlicher Buddha mit Hexenschuss. Sein riesiger Bauch hängt irgendwie seitlich über seinen Knien und er grinst. Ich kann mich nicht erinnern, Osman jemals schlecht gelaunt gesehen zu haben.

»Na, Bammel?«, fragt er. Ich bleibe neben dem Auto stehen und sehe missmutig auf ihn herunter. Wieso reden eigentlich alle über meinen anstehenden Klassenausflug? »Na, vor dem Wochenende, meine ich. Little hat's mir erzählt«, fügt er entschuldigend hinzu. Er steht umständlich auf, wobei er seinen Bauch erst einmal in Position bringen muss, damit er nicht das Gleichgewicht verliert. Obwohl ich Osman jetzt schon fünf Jahre kenne, schaue ich immer noch fasziniert dabei zu, wie er seinen mächtigen Körper bewegt. Dummerweise kann ich genau deshalb allzu gut nachvollziehen, warum es Leute gibt, die mich anstarren.

»Ja, Bammel«, gebe ich zu.

»Versteh ich gut«, erwidert er und fährt sich mit der ölverschmierten riesigen Hand durch sein kurz rasiertes Haar. Langsam geht er um das Auto herum und setzt sich spontan auf die Motorhaube. Der Corsa gibt nach wie ein orientalisches Sitzkissen und ist für die nächsten Minuten tiefergelegt.

»Ich kann mich noch genau an die zwei Klassenfahrten erinnern, auf denen ich dabei war. Schwimmbad und so. Scheiße.« Sein darauffolgendes Schweigen ist ziemlich vielsagend. Osman starrt eine Weile an mir vorbei in die Luft. Dann erhebt er sich seufzend, schlurft wortlos in seine Bastelkammer und kommt mit einem unterarmlangen Schraubenzieher zurück.

»Geheimwaffe«, sagt er und drückt mit seinem Daumen auf einen winzigen Knopf am Griff, worauf sich die Spitze des Schraubenziehers mit leisem Surren dreht und sich am anderen Ende so ein kleines gelbes Schirmchen aus Papier öffnet, wie es im Eiscafé ganz oben auf jedem Eisbecher thront. »Oder Talisman oder so.«

Ich muss lachen. Das ist nicht gerade seine sinnvollste Erfindung. Was soll ich damit nur auf der Klassenfahrt machen – sie

Marko in den Arm rammen, wenn er mich nervt? »Danke«, sage ich trotzdem und nehme das sinnlose Ungetüm entgegen wie ein kostbares Zauberschwert. »Ich werde ihn gleich in meine Reisetasche packen.«

»Ja also, viel Glück dann«, sagt Osman mit gerunzelter Stirn. Es klingt so wie sonst, wenn er »Allah steh dir bei« sagt. Ganz offensichtlich glaubt er nicht an das Glück, jedenfalls nicht in der betreffenden Situation. Der Zauberwaffenschraubenzieher liegt schwer und kalt in meiner Hand, und ich drücke auf den Knopf, für ein kurzes Surren zum Abschied, während Osman in Zeitlupe seine rechte Pranke hebt, das obligatorische Grinsen im Gesicht.

Farid hat mir seinen großen Rucksack gegeben. Total verbeult und ziemlich staubig ist der. Ich pack rein: zwei Pullis, zwei Hosen, schwarzes Top mit Glitzer, Badeanzug. Tagebuch. Aber das packe ich dann doch wieder aus, zu gefährlich. Irgendwer wühlt todsicher in meinen Sachen rum, während ich unter der Dusche steh. Zahnbürste, Zahnpasta. Die rote Unterwäsche, die mir meine Tante geschenkt hat. Hab ich noch nie angehabt. Die stopf ich ganz unten rein. Hab keine Lust auf Diskussionen mit meiner Mutter oder Baba. Oder Farid. Der würde sich sofort drüber lustig machen. Weiß ja selber nicht so genau, warum ich die einpacke. Keine Ahnung, was alles passiert an so einem Wochenende. Am Freitagmorgen bringt Baba mich zum Bus. Der steht auf dem großen Schulparkplatz. Sind schon fast alle da. Viele Eltern, totale Aufregung. Melinda mit ihrer Mutter steht auch da. Die Mutter sieht ein bisschen verschlafen aus, wie immer. Komischer übergroßer lila Anorak, Jogginghose, Kaugummi. Ich seh, wie Baba die Augenbrauen hochzieht. Findet sie ungepflegt, hat er schon öfter gesagt. Baba trägt Anzug. Immer.

Marko ist allein da, klar, hat seine Eltern hinter der nächsten Ecke verabschiedet. Kommt cooler. Und Niko hat so eine alte Frau dabei, zu alt, um seine Mutter zu sein. Großmutter vielleicht. Sieht nett aus, so wirre weiße Haare, komische Riesenbrille, Regenmantel, großer sonnengelber Regenschirm. Regnet doch gar nicht. Beide reden noch miteinander, sie hält Abstand. Hat er vorher mit ihr vereinbart, klar. Dann umarmt er sie aber doch. Stellt die Tasche unten in den Bus rein. Komisch, ist gar nicht größer als mein Rucksack. Der hat doch viel größere Klamotten, oder? Der übertriebenste Koffer ist natürlich Melindas. Die konnte sich wieder nicht entscheiden: Lackschuhe, Chucks, neonpinke Gummistiefel, drei Hoodies pro Tag, Minirock eins und zwei, iPad, Springseil, alles dabei, so wie ich sie kenne.

Baba beugt sich zu mir runter. Seinem Kuss kann ich grade noch ausweichen. Ein Kuss wär superpeinlich. Das kleine Streicheln über den Kopf geht noch als Orientalischer-Papa-Masche durch. »Auf Wiedersehen, Prinzessin.« Baba sagt immer »Auf Wiedersehen«, nie »Tschüs«. »Viel Spaß!« Jetzt sieht's fast so aus, als würd er gleich heulen. Ist meine erste Klassenfahrt, vielleicht deshalb.

»Jaja, Baba.« Ich steig lieber schnell in den Bus ein. Nachher fang ich auch noch an zu heulen.

Im Bus ist Platz genug, aber logisch drängeln sich alle ganz nach hinten. Alles riecht nach verschwitzten Klamotten. Bevor ich zu Melinda in die letzte Reihe komme, fährt unten ein Fuß raus. Schmutziger Turnschuh, giftgrüne Schnürsenkel. Markos Fuß. Oben ein Grinsen. Große weiße Schneidezähne mit Zahnlücke dazwischen. »Hier ist noch frei.«

»Aha.« Ich versuch, sehr cool auszusehen. Mach das jetzt einfach, setz mich da neben ihn. Der schaut mich jetzt an, so total neugierig.

»Alles klar?«

»Super.« Ich versuch ein Lächeln. Das Zahnlückengrinsen hat er gar nicht unterbrochen.

»Gut geschlafen?«

»Seh ich verschlafen aus?«

»Gar nicht. Bist wunderschön, wie immer.« Noch mehr Zahnlücke geht echt nicht.

»Danke«, sag ich und nehm Handy und Ohrstöpsel aus der Jackentasche. Brauch jetzt kurz eine Pause.

»Kann ich auch einen?«, fragt Marko.

Ich weiß erst nicht, was er meint, dann geb ich ihm einen Ohrstöpsel. Rückt er noch näher ran, klar, jetzt muss er ja. Unsere Schultern kleben zusammen. Ich schiel kurz nach hinten, seh Melinda komisch gucken, aber als sie sieht, dass ich gucke, hält sie einen Daumen hoch. Draußen vorm Busfenster seh ich Baba, der hält nach mir Ausschau. Ich sink tiefer in den Sitz. Das muss Baba jetzt nicht sehen, der macht nur meine Mutter das ganze Wochenende verrückt.

Weil ich jetzt weiter unten sitz, lehn ich noch mehr an Markos Schulter. Ist ja klar, was der jetzt denkt. Kann ich jetzt aber auch nichts machen. Die eine Stunde Fahrt werd ich aushalten. Oder was heißt aushalten – irgendwas kribbelt in meinem Kopf, wie ein Ameisenhaufen, in den grad jemand einen großen Stock reingerammt hat.

Gleich nach der Ankunft ist Schwimmen auf dem Programm, noch vor der Zimmerverteilung. Ziemlich durchorganisiert, das Ganze. Als ich aussteig, hält mich Marko fest und kitzelt mich am Bauch. Fühlt sich nicht an wie Schmetterlinge, trotzdem irgendwie aufregend. Dann mach ich mich los. Melinda drängelt an mir vorbei und zwinkert.

»Knister, knister«, flüstert sie. Laut genug, dass es die anderen auch alle hören, Marko vor allem. Ich verdreh die Augen, sag aber nichts.

Dann das Schwimmbad: Das ist ein richtiges Erlebnisbad, Schwimmbecken mit Wildwasserstrudel auf der einen, riesige Rutsche auf der anderen Seite. Inklusive Loopings. Marko stürzt direkt ins Becken – astreiner Köpfer. Sofort kommt einer von den Bademeistern her, so ein Bodybuildertyp. »Vom Beckenrand ist verboten!« Fast so wortsparsam wie ich. Wortkarg, sagt Melinda immer. Wortsparsam, sag ich, das passt besser. Ist ja Absicht und kein Unfall, dass ich so wenig Worte mache. Marko zieht nur die Schultern hoch, der Bodybuilder glotzt grimmig.

»Kommst du mit rutschen?« Marko packt meine Hand.

»War noch nicht mal im Wasser«, nuschel ich.

»Egal, komm!« Der zerrt mich einfach mit.

Von ganz oben auf der Rutsche seh ich Niko. Das ist die Hölle für den, sieht ja ein Blinder. Schwimmbad, Ende des Versteckspiels! Klar, dass alle glotzen. Der Bauch hängt vorn über die Badehose. Dass das so eine längere, weite in Tarnfarbe Oliv ist, hilft da überhaupt nicht. Die X-Beine sind so nackt noch auffälliger. Und der Hintern! Echt unglücklich sieht Niko aus, total verloren. Marko hat ihn natürlich auch gesehen.

»Guck mal, der Fette!« Er lacht übertrieben. Hier im Schwimmbad hallt das extra laut.

Niko schaut nicht zu uns hoch, aber gehört hat der das todsicher. »Sagt man nicht.« Keine Ahnung, warum ich das sage.

»Wieso, wenn's doch stimmt!«

»Trotzdem.«

»Die liiiebe Sera!« Ganz langgezogenes iii in der Mitte. Das ärgert mich jetzt irgendwie. Ich komm aber nicht zum Nachdenken, weil Marko greift wieder nach mir und schiebt mich lässig in die Rutsche. Sich selber hinterher, direkt hinter mir. Dann stößt er uns ab, und wir zischen los, ganz eng zusammen, wie auf einem Schlitten. Meine Beine innen, seine außen. Gebräunte Beine, sehen nach Mallorca aus, Ibiza, irgend so was. Seine Hände an meiner Taille, ganz fest. Weiter unten in der Rutsche kreischt jemand. Ich kreisch nicht, zu peinlich. Beiß lieber die Zähne zusammen. Unten kommen wir in einem Knäuel an, ich werd unter Wasser gedrückt und komm Luft schnappend allein wieder hoch. Schau beim Auftauchen direkt in Nikos rundes Gesicht. Der steht immer noch da am Rand. Neben mir taucht Marko auf und schleudert sich die Haare aus dem Gesicht.

»Na, Fettsäckchen, rechnest du noch, ob du durch die Rutsche passt?«

»Jetzt hör doch mal auf!«, sag ich, mehr so automatisch.

Niko sagt nichts. Sieht wirklich bisschen aus, als würd er rechnen. Lächelt mich aber dann plötzlich an. »Zwölf Zentimeter zu viel auf den Hüften«, sagt er dann zu Marko. »Leider. Das hat allerdings wiederum gewisse Vorteile.«

Marko glotzt komisch, Niko nimmt Anlauf und macht eine Arschbombe, total überraschend. Marko schluckt echt viel Wasser und ich muss lachen.

Exakt eine Viertelsekunde nachdem ich die Arschbombe punktgenau neben Marko gelandet habe und eine Sekunde bevor ich wieder mit dem Kopf über Wasser auftauche, frage ich mich, warum ich das gemacht habe, obwohl ich genau weiß, dass ich es bereuen werde – sich am Anfang des Wochenendes mit Marko anzulegen, ist ungefähr so schlau wie ein Kopfsprung in ein ein Meter tiefes Gewässer. Es könnte auch ebenso schmerzhafte Folgen haben.

Vielleicht habe ich es wegen Sera getan. Wegen Sera, die mir gestern zugewinkt hat. Die gerade gesagt hat, dass Marko mich in Ruhe lassen soll, und in ihrem dunkelgrün glitzernden Badeanzug und mit ihren nassen langen schwarzen Haaren aussieht wie eine Nixe. Nur der schuppig schillernde Fischschwanz fehlt. Ich habe nicht verpasst, wie sie gerade lachen musste. Ihr Lachen passt zu einer Nixe, es ist leise, dunkel und glucksend wie aus der Tiefe aufsteigende Luftblasen.

Kurz denke ich, dass Marko mich unter Wasser drücken wird, wenn er mit Husten fertig ist, aber er schleudert sich nur die nassen Haare aus dem Gesicht, zeigt mir die Zähne und dreht sich wieder zu Sera um. Wahrscheinlich hat er Angst, sich anzustecken, wenn er mich berührt, Angst, dass ihm dann augenblicklich auch eine Wampe wächst und seinen durchtrainierten Körper entstellt. Darum tunkt er jetzt lieber Sera unter Wasser. Glück gehabt.

Ganz offensichtlich ist Sera sein neues Mädchen und das passt ja auch hervorragend. Sie interessiert sich hauptsächlich für Dinge wie Kleider, Make-up und Frisuren und ist nicht besonders kompliziert, würde ich sagen, also eigentlich so wie alle Mädchen in unserer Klasse. Außer, dass sie hübscher ist als die meisten. Aber ehrlich gesagt habe ich bis gerade eben überhaupt nicht über sie nachgedacht.

Das Zimmer teile ich mit Peter, Lenni und Amir. Die Zimmerverteilung war gar kein so großes Problem, wie ich befürchtet hatte. Überraschenderweise hat sich keiner der drei beschwert, dass er mit mir ins Zimmer muss. Als wir die Reisetaschen auspacken, sehe ich, wie Lenni durch seinen dunkelblonden Haarvorhang einen verstohlenen Blick auf meine zweite Jeans riskiert, bevor ich sie falte und in den schmalen Schrank lege, aber er sagt nichts und ich auch nicht. Wenn ich nicht ich wäre, sondern Lenni, würde ich vermutlich ebenso neugierig auf die überdimensionalen, ausgebeulten Riesenhosenböden meiner Jeans schielen.

Die Erleichterung darüber, dass ich schon mal das Schwimmbad überstanden habe, schaukelt in meinem Körper hin und her wie diese kleinen Kugeln der Geduldspiele im Deckel der Seifenblasendosen.

»Was gibt's heute noch?«, frage ich Lenni, obwohl ich das Programm seit Wochen auswendig weiß, um mich mental auf jede einzelne Dicke-Leute-Schikane darin vorbereiten zu können.

»Abendessen, dann Nachtwanderung, glaub ich«, sagt Lenni, ohne aufzublicken. Es klingt nicht besonders feindselig.

»Ob es hier cholesterinfreie Diät gibt?«, sage ich. Lenni schaut mich überrascht an. »War ein Witz. Ich esse absolut alles. Sieht man das nicht?«

Lenni muss grinsen, und ich kann sehen, was er denkt: Der Dicke ist witziger, als ich dachte. Das ist auch so ein Vorurteil, dass Dicke wenigstens witzig sein müssen, wenn sie schon die ästhetischen Ansprüche anderer Menschen strapazieren. Als Lenni wegschaut, ziehe ich Osmans Geheimwaffe aus meiner Reisetasche und verstecke sie unter dem Kleiderstapel.

Das Abendessen ist genauso widerlich, wie alle, die schon einmal auf Klassenfahrt waren, es immer berichten. (Little hatte letztes Jahr nach so einem Wochenende eine Lebensmittelvergiftung.) Trotzdem esse ich den verklebten Nudelklumpen mit undefinierbarer brauner Soße und den matschigen Salat restlos auf, wahrscheinlich aus Gewohnheit, weil ich zu Hause auch nie etwas übrig lasse, damit Großmama nicht traurig wird. Natürlich bin ich der Einzige, der alles aufisst. Aber die anderen haben auch anderes im Kopf. Geschätzt die Hälfte der Klasse will auf dieser Klassenfahrt ihren ersten Kuss erleben, und die meisten davon wissen genau, dass sie das minutiös vorbereiten müssen, wenn es klappen soll. Dass die Nachtwanderung dafür die beste Gelegenheit bieten dürfte, ist so klar wie die geschmacklose Salatsoße.

Fast alle glauben, dass der erste Kuss zwischen Sera und Marko stattfinden wird. Das ist wahrscheinlich auch der Grund dafür, dass beim Essen alle immer wieder zu den beiden hinüberschielen, um irgendwelche Anzeichen dafür aufzuschnappen, wann es soweit ist.

Ich bin wohl als Einziger überhaupt nicht aufgeregt, im Gegenteil: Auf die Nachtwanderung freue ich mich beinahe, zumindest ist das der Programmpunkt, vor dem ich mich am wenigsten fürchte. Ich habe im Dunkeln keine Angst, und da alle mit der Kussfrage beschäftigt sind, werde ich vermutlich eine ganze Stunde lang meine Ruhe haben.

Nach Einbruch der Dunkelheit gehen wir in loser Formation in Richtung Wald, Herr Helmer vorne, Frau Mast hinten. Jeder von uns hat eine kleine Laterne mit einem Teelicht bekommen, sodass wir aussehen wie eine Gruppe Kindergartenkinder beim Laternenumzug. Natürlich gibt es sofort Gerangel und einige machen Blödsinn mit den Laternen. Ich lasse mich ans Ende der Gruppe zurückfallen.

»Na, wie gefällt es dir?«, sagt Frau Mast, die auf einmal neben mir auftaucht. Gäbe es in meiner Klasse jemanden, mit dem ich Wetten abschließen könnte, hätte ich genau darauf gewettet: dass am Wochenende einer der Lehrer die Aufgabe übernehmen muss, sich um den fetten Außenseiter zu kümmern. Ob sie es ausgelost haben?

»Gut«, sage ich knapp. Eine kleine unangenehm aufdringliche Parfümwolke streift mich von der Seite.

»Kommst du klar?«, fragt Frau Mast.

Ich weiß mit neunzigprozentiger Sicherheit, was andere über mich denken, aber manchmal hätte ich trotzdem gerne einen Wahrheitsabsauger. Den würde ich blitzschnell ans Ohr meines Gegenübers heften und er würde innerhalb eines Augenblicks die tatsächlichen Gedanken eben dieses Menschen absaugen und an mein eigenes Ohr transportieren. Jetzt gerade würde der Wahrheitsabsauger in etwa durchleiten: „Du arme Sau, Gott sei Dank war ich nie so fett wie du, bin es nicht und werde es nie sein. Wie soll ich jemanden wie dich bloß in diese Klasse integrieren?«

»Ob ich womit klarkomme?«, frage ich. »Mit meiner Fettleibigkeit oder mit den Nebenwirkungen dieser Fettleibigkeit auf einem Klassenausflug voller Schwimmbäder und Kletterparks, der für sportliche Durchschnittsschüler kreiert wurde?« Dazu lächle ich sie übertrieben an.

Frau Mast holt tief Luft. Als Lehrerin sollte sie jetzt eigentlich ihre Grundkenntnisse in Psychologie auf mich anwenden und mit sanftmütiger Lebensweisheit auf meine Provokation reagieren. Aber ich kann beinahe spüren, wie ihr pseudoselbstverständlicher Berg an Mitleid in Sekundenschnelle auf ein kleines Häuflein zusammenschrumpft. Zum Antworten kommt sie aber nicht mehr, denn gerade hat Jan mithilfe seiner Laterne ein paar Tannenäste angezündet, die augenblicklich lichterloh brennen, und sie sprintet los, um einen Waldbrand zu verhindern.

Ich lasse mich noch weiter zurückfallen, und es fühlt sich fast so an, als ginge ich alleine durch den dunklen Wald, der den langen Spätsommertag gespeichert zu haben scheint: Es riecht nach Fichtennadeln und sonnenbeschienenem Waldboden und über mir pfeift irgendein Vogel immer wieder einen einzelnen schrillen Ton. Wäre das Nachtsichtgerät noch nicht erfunden, würde es mir genau jetzt einfallen. Ich puste das Teelicht in meiner Laterne aus und verschmelze mit der Dunkelheit.

Vor mir lösen sich zwei weitere Personen aus der Gruppe und bleiben unbemerkt zurück. Es sind Marko und Sera, Marko mit seinem betont lässigen Schlendergang und Sera mit graziösem Mädchenschritt. In der Silhouette sehen sie aus wie Pocahontas und ihr Captain oder so ähnlich. Wie für einen kitschigen Film gecastet, passen bei ihnen Körpergröße und Statur perfekt zusammen.

Weil ich zu weit weg bin, kann ich nicht verstehen, was sie miteinander reden, aber sie sagen ohnehin nicht allzu viel, sondern gehen fast wortlos nebeneinander her, während sich der Abstand zwischen den beiden kontinuierlich verringert, und da ich der Einzige bin, der hinter ihnen läuft, sehe ich auch als Einziger, wie Marko langsam seinen Arm über Seras Rücken nach oben streifen lässt und ihn auf ihrer Schulter ablegt. Und ich sehe auch, wie Sera zusammenzuckt, als seine Hand an ihrem Nacken ankommt.

I ch schieb die Hand nicht weg. War ja klar, dass auf der Nachtwanderung was passiert, so schnell, wie das alles angefangen hat – erst die Sache im Bus und dann das im Schwimmbad.

»Der geht ran«, hat Melinda gesagt, als wir auf unserem Zimmer waren. Klang bisschen spitz. »Macht dich sicher noch heute klar.«

Dann der vielsagende Blick, als ich meine rote Unterwäsche ausgepackt hab. Hätt ich besser aufpassen müssen, dass sie die nicht sieht. Oder wollt ich vielleicht, dass sie sie sieht? Weiß manchmal nicht so genau, was ich will. Jetzt auch wieder. Markos Hand liegt an meinem Nacken. Ist so ein Gefühl zwischen gut und schlecht, irgendwie unsicher. Ist das hier jetzt »klarmachen«? Blödes Wort. Direkt über uns pfeift plötzlich so ein Vogel ganz schrill, ziemlich unheimlich. Ich zuck zusammen. Wenn der mich gleich fragt, ob ich seine Freundin werden will, was sag ich dann? Er fragt aber gar nicht. Fängt jetzt nur an, in meine Haare reinzuwühlen. Da zuck ich gleich wieder zusammen, kann gar nichts dagegen machen. Stört ihn aber gar nicht, der macht einfach weiter. Vorn in der Gruppe brennen jetzt mehrere von den Laternen. Bin irgendwie froh, als Frau Mast mit rotem Gesicht angerannt kommt.

»Alle zurück jetzt! Mir reicht's für heute«, brüllt sie.

Markos Finger verschwinden aus meinen Haaren. »Sie Arme, schon am ersten Abend!«, sagt er zu Frau Mast.

Die ist ziemlich anfällig für Markos charmantes Grinsen. Bringt sie direkt runter. »Halt dich zurück, Marko!«, sagt sie, schon ruhiger jetzt. Meint aber wahrscheinlich nur seinen dummen Spruch, weil die Finger kann sie gar nicht gesehen haben. Jemand andres hat es gesehen, vermute ich. Seh es erst, als wir umdrehen: Da war noch einer hinter uns, Niko nämlich. Ist da ganz allein im Dunkeln hinter uns hergeschlichen. Was soll das denn? Andererseits: Kann vielleicht einfach nicht schneller. Er schaut aber auch nicht vielsagend oder so. Eher neutral wie immer. Irgendwie wüsst ich jetzt gern, was der grade denkt.

»Und?«, fragt Melinda, als wir wieder in unserem Zimmer sind.

»Was, und?«, sag ich, dabei weiß ich natürlich genau, was sie meint. Sie klettert nach oben ins Hochbett. Vor meinem Gesicht baumeln ihre nackten Füße. Jeder Fußnagel eine andere Farbe.

»Wann gibt's den Kuuuss?« Sie zieht das u so lang, hat sie sich von Marko abgeschaut.

»Keine Ahnung«, sag ich. Obwohl ich eine habe. Kann nicht mehr lang dauern, fehlt ja nur noch die Gelegenheit.

»Sollen wir noch rüberschleichen zu den Jungs?« Jetzt sind die Füße weg, dafür hängen ihre Haare als schwarzer Vorhang von oben runter zu mir. Sonst seh ich nichts von ihr, aber ich kann's mir vorstellen: leuchtende Augen wie ein Kleinkind vorm Weihnachtsbaum. Der Kuss, den ich kriegen soll, ist ihr offenbar wichtiger als mir.

»Nee«, sag ich.

»Was denn?«, fragt Melinda. »Hast doch jetzt, was du wolltest!« Klingt bisschen schnippisch. Die Haare verschwinden.

»Was wollt ich denn?«, frag ich zurück.

»Na, Marko, oder? Du Schäfchen.« So nennt sie mich, wenn sie sich über mich ärgert und das aber nicht zugeben will.

»Selber Schäfchen«, sag ich und überleg mir zum ersten Mal, ob der Wunsch mit Marko vielleicht eher Melindas ist als meiner. Wenn ich mal ganz ehrlich bin.

Melinda knipst mit dem Fuß das Licht aus. Jetzt ist nur noch das kleine Nachtlicht über meinem Kissen an. Zwei Minuten später hör ich schon ihr leises Schnarchen von oben. So ein kleines raues Geräusch. Wie wenn jemand über trockenes Holz schabt oder so. Caro und Chris schlafen anscheinend auch schon. Ich kann nicht einschlafen. Riecht alles komisch in dem Zimmer. Die Geräusche bin ich auch nicht gewöhnt, knisternde Plastikvorhänge, knarrendes Bett, Schnarchen von oben. Denk die ganze Zeit, was wäre, wenn Melinda auf mich runterkracht. Das Bett sieht von unten total schief aus und es stehen überall Namen auf dem oberen Bettrost. *Marcy, 2012, Elvira, Sohal, Mara 2009, KIKI + Jona* mit Herzchen. Ich denk an Marko. Was ich machen soll. Ob ich das alles gut find, wie es so läuft. Baba fänd es jedenfalls nicht gut, ist mir klar. Nicht dass das im Moment entscheidend wäre. Irgendwie wär ich jetzt tausendmal lieber in meinem eigenen Bett.

Am nächsten Morgen bin ich total müde, ich will jetzt gar nicht mehr raus aus dem Bett.

»Komm schon, aufstehen!«, schreien Melinda, Caro und Chris mir ins Ohr. Alle sind schon angezogen. Leggings, T-Shirts. Es riecht nach Deo-Spray. »Zieh deine rote Unterwäsche an!«, kreischt Melinda noch lauter und zieht mir die Decke weg. Das mach ich dann wirklich, was weiß ich, warum. Heute ist der Kletterpark dran, garantiert der falsche Tag für die rote Unterwäsche. Insgesamt der falsche Tag für mich. Hab irgendwie verkrümmt geschlafen, wie ein missratenes Hörnchen. Mir tut alles weh. Zu Marko schau ich lieber auch nicht rüber, ich find meine Füße heute so was von interessant. Setz mich im Bus direkt hinter den Busfahrer und tu so, als wär mir schlecht.

Dann seh ich Niko am Eingang zum ersten Kletterparcours, und da geht's mir doch wieder einigermaßen, weil – der ist natürlich viel schlimmer dran als ich.

Der Typ mit dem knallroten engen T-Shirt guckt schon beim Erklären immer so komisch zu Niko rüber. Kann er wahrscheinlich nicht verstehen, dass so einer freiwillig mit klettern geht. Dann sagt er auch noch dreimal das mit dem Maximalgewicht, wie viel das für jeden Karabiner ist. Glotzt dabei immer noch so zu Niko rüber. Der guckt leer zurück und sagt nichts. Was soll er auch sagen. Ist wohl unterm Maximalgewicht.

Niko klettert auch wirklich los, aber nur eine Runde. Ich seh auch, warum, das kriegt nämlich jeder mit. Auf dem mittleren Parcours, da, wo das lange Seil ist, an dem man sich vom einen zum anderen Baumstamm rüberschwingen muss, das schafft Niko natürlich nicht. Zu wenig Schwung oder zu viel Gewicht, beides wahrscheinlich. Da hängt der dann zwischen den Bäumen, genau auf der Mitte der Strecke, und der Typ vom Kletterpark muss ihn von unten mit einem extra Seil runterholen – die Hölle, ehrlich. Von oben lacht noch Marko dreckig runter, der steht da auf einer Art Balkon auf der obersten Baumetage. Ist natürlich gleich mit dem schwierigsten Parcours eingestiegen. Ich mach drei Runden, zusammen mit Melinda und Caro. »Pause!«, japse ich dann.

»Echt? Ich geh noch mal«, verkündet Melinda. Die anderen auch.

Ich setz mich abseits auf den Holzzaun, leg den Kopf in den Nacken und schau den anderen zu, wie sie sich hoch in die Bäume schwingen. Drei schwarze Leggingshintern verschwinden im Geäst, dazwischen echt blauer Himmel. Ich freu mich, dass ich kurz allein bin.

»Hallo, schöne Frau. Schon außer Atem?« Ich verlier fast das Gleichgewicht, Marko macht einen großen Schritt auf mich zu und greift um meine Hüfte, um mich aufzufangen. Ich rutsch vom Zaun runter und geh einen Schritt zur Seite.

»Hi«, sag ich und versuch, cool auszusehen. Klappt sicher nicht, so beschissen, wie ich mich fühl. Merkt er aber gar nicht. Der steht jetzt ganz nah bei mir. Warmer Atem direkt in meinem Gesicht. Ich werd bisschen panisch. Mir war noch nie jemand so nah, außer meiner Familie logischerweise. Außerdem kapier ich natürlich, dass jetzt gleich was passiert. Marko beugt sich vor. Schiebt meine Haare zur Seite, dann spür ich seine Lippen, die berühren meine. Warm und feucht. Gott sei Dank sind alle anderen in den Bäumen beschäftigt, die Lehrer auch. Hab irgendwie Angst, obwohl ich mich unbedingt freuen will, ist ja mein erster Kuss.

Der fängt echt sofort an, mir seine Zunge in den Mund zu schieben. Gefällt mir das jetzt? Fühlt sich komisch an. Noch viel komischer find ich aber, dass Marko jetzt mit seinen Händen meinen Hals runterfährt und dann meine Brüste entlang. Geht mir alles so was von zu schnell. Ich mach so eine kleine Bewegung nach hinten. Marko merkt, dass ich wegwill. »Hey, was denn?«, sagt er mir ins Ohr. Mit rauer Stimme, klingt sauer.

Die Wahrheit ist: Ich freu mich wirklich nicht. Mein nächster Schritt nach hinten wird gestoppt, bevor ich ihn mache. Der hält mich jetzt mit der einen Hand fest, mit der anderen quetscht er meine linke Brust. Tut richtig weh. Dann wandert die eine Hand am Rücken entlang runter. Dann so ein kleines dreckiges Lachen. Die Hand landet bei meinem Hosenbund und schiebt sich drunter, auf meinen Hintern. Ich denk an die rote Unterwäsche. So blöd, als würde den irgendwelche Unterwäsche interessieren. Der quetscht mich an seinen Körper. Riecht nach dem braunklumpigsoßigen Essen von gestern und nach Schweiß.

Mir wird schlecht, jetzt aber in echt. Kann mich überhaupt nicht bewegen und hab Angst, dass ich gleich spucken muss. Von außen bin ich eingeklemmt, von innen aber irgendwie auch, wie erstarrt. Sagen kann ich auch nichts, da kommt nur so ein kleines gequetschtes »Lass mich los!« aus mir raus. Rufen geht sowieso nicht. Ist aber auch egal, wen soll ich denn rufen? Woher sollen die denn wissen, dass ich das hier nicht will. Knister, knister, haben ja alle gesehen, haha. Ich stell mir kurz vor, ich würd jetzt kreischen. Horror. Seh vor mir, wie alle herrennen. Frau Mast würde mit ihrer schrillsten Aufregstimme sagen: »Was ist denn hier los?!«, und kapiert wieder mal nichts, dann müsste ich alles vor allen erklären, superpeinlich, Marko wird heimgeschickt und ich auch, tausend Gespräche mit dem Schulleiter, und dann seh ich noch Baba vor mir, total außer Rand und Band oder noch schlimmer: enttäuscht. Dann darf ich natürlich nie wieder irgendwo auf einen Ausflug. Scheiße.

Ich versuch noch mal aus dem Klammergriff rauszukommen. Keine Chance. Noch dreckigeres Lachen. Die Hand an meiner Brust ist heiß und feucht. Weiß echt nicht mehr, was ich jetzt machen soll, ich spür schon die Tränen hinter meinen Augen. Und dann hör ich die andere Stimme, ganz nah hinter mir:

»Lass Sera los.«

Total ruhige Stimme, nicht atemlos oder ängstlich. Einfach so, tief und cool und gleich noch mal. »Lass Sera los.«

Lass Sera los.«

Ganz sicher traue ich mich das nur, weil ich gerade mitten in einem meiner albernen Supernikobrauseträume gefangen bin. Die Supernikobrause ist eine meiner verwegensten Erfindungen, und sie geht in etwa so: Ich nehme einen großen Schluck Supernikobrause, und dann kann ich einfach aus meinem Körper schlüpfen, so wie eine Schlange aus ihrer alten Haut, nur, dass ich dabei auch noch die Hälfte des Fleisches hinter mir zurücklasse. Heraus kommt mein Superniko-Ich, und das ist leicht und dünn und beweglich. Ich laufe, atme und denke leichter, irgendwie reibungsloser, habe mehr Selbstvertrauen. Und dadurch werde ich ohne jegliche übernatürliche Fähigkeit so etwas wie ein Superheld, der schneller und mutiger handelt als andere. Natürlich ist die Supernikobrause eine so kindische Erfindung, dass ich nicht einmal Little davon erzählen würde. Allerdings kann die reine Vorstellung, diesen Zaubertrank im Körper zu haben, manchmal schon eine echte Wirkung erzeugen: Ich werde mutiger.

Logischerweise fällt mir die Supernikobrause immer dann ein, wenn ich sie am nötigsten hätte. Zum Beispiel, wenn ich gerade von einem Mann mit ganz realer Supermanstatur aus einem Kletterparcours abgeschleppt werden musste. Mit der Brause könnte ich jetzt nämlich die Schimpftiraden meiner Klassenkameraden über den durch mich verursachten Zeitverlust im Kletterparcours ebenso locker vergessen wie Markos Jubel angesichts dieses herrlichen Anblicks: ein hilflos in zwölf Meter Höhe baumelnder fetter Arsch. Mit Osmans Extrafunktion-schraubenzieher-Talisman, der mir dabei aus der Tasche gefallen ist und den echten Superman unten nur um Zentimeter verfehlt hat, habe ich mir bei meinem Retter zusätzlich jeden Rest Sympathie verspielt. Ein Hochziehen der Augenbraue reichte, um mir zu signalisieren, dass ich es nicht wagen sollte, noch einmal einen Kletterparcours zu betreten.

Also sitze ich abseits am Holzzaun und träume mich weg in eine Parallelwelt, in der ich mich als bewundernswerter Tarzanklon ohne Karabiner mühelos von Baum zu Baum schwinge. Ganz abgetaucht bin ich aber nicht, sonst hätte ich wohl nicht bemerkt, dass Marko zwanzig Schritte weiter begonnen hat, diesmal richtig an Sera herumzugrapschen, und viel weniger noch hätte ich Seras Blick bemerkt, der statt erfreuter Begeisterung deutlich erkennbar Panik zeigt. Dieser Blick ist es wohl, der den Superniko sprechen lässt, als ich Marko auffordere, Sera loszulassen.

Ich weiß nicht, wer sich am meisten darüber wundert, dass Marko tatsächlich von Sera ablässt: Sera, Marko oder ich. Ungefähr so lange, wie eine Fußgängerampel braucht, um grün zu werden, stehen wir alle drei wie eingefroren in einem gleichseitigen Dreieck direkt unter dem höchsten der Kletterbäume. Irgendein Rest der imaginierten Supernikobrause muss noch in meinen Blutbahnen unterwegs sein, denn ich sage: »Komm mit, Sera«, bevor der normale Niko wieder übernimmt und erschrocken hinzufügt: »... wenn du magst.« Mein Zeigefinger drückt nervös auf den kleinen Knopf an Osmans schwergewichtigem Talisman, den ich zufällig noch in der Hand habe, und das alberne Surren unterbricht die Stille zwischen uns dreien.

Marko schiebt die Hüfte vor und wirft den Kopf in den Nacken, sodass ihm seine lächerlichen Stirnfransen aus dem Gesicht fliegen. Ich warte auf eine besonders gemeine Beleidigung, warte darauf, dass meine Rettungsmission als lächerliche Fehlhandlung entlarvt wird. Ich will mich schon umdrehen, als Sera sich aus ihrer Starre löst und in mich hineinstolpert, wobei sie mir auf den Fuß tritt, fast zu Boden geht und sich an meinem Ellenbogen festhält, um ihr Gleichgewicht wiederzufinden.

Das ist auch der Moment, in dem die anderen sich von der letzten Plattform des Parcours zu Boden gleiten lassen: als Erstes Lenni, der seltsam selig grinst, als hätte er oben im Baum die Hälfte der Alkoholvorräte für das Wochenende aufgebraucht, dann Jan und als Nächstes Melinda, die mit verschwitztem Gesicht und aufgerissenen blauen Augen direkt auf Sera zuschießt, während diese blitzschnell meinen Ellenbogen loslässt, als hätte sie sich die Finger daran verbrannt, und nach einer minimalen Schrecksekunde auf Melinda zusteuert wie eine Rakete in Höchstgeschwindigkeit. Als sei ich es, der sie gerade angegrapscht hat.

Habt ihr geknutscht?« Melinda ist außer Puste und hat ein superrotes Gesicht. Hat sie was gesehen? Ich muss erst mal Zeit gewinnen, um das rauszufinden.

»Wer?«, frag ich.

»Was, wer?«

»Spinnst du jetzt? Du und Marko natürlich.« Da fällt ihr Blick auf Niko. Melinda grinst. »Ach so.« Sie denkt, ich will sie verarschen, klar. »Oder hast du neuerdings was mit dem Panzer?«

Sie schielt an meiner Schulter vorbei. Streicht sich mit dem Zeigefinger die Haare hinter die Ohren und macht ihr Flirtgesicht. Ich folg ihrem Blick. Da steht Marko, sieben Schritte hinter mir. Der achtet aber nicht auf Melinda, sondern fixiert mich. Mit Gewittergesicht. Ich dreh mich schnell wieder um. Melinda zwinkert an meiner Schulter vorbei. »Was denn mit dem los?«, mosert sie.

Sie hat also nichts gesehen. Ich scanne kurz die anderen, die jetzt einer nach dem anderen beim Ausgang vom Parcours auftauchen. Alle total verschwitzt, aber keiner guckt komisch. Auch nicht Frau Mast, die schaut nur säuerlich zu Niko rüber, so, als würde er ihr auf die Nerven gehen. Warum denn? Sonst sind doch alle Lehrer immer stinkfreundlich zu dem.

Aus den Augenwinkeln schau ich auch zu Niko rüber. Der hat sich nicht wegbewegt, steht wie angewachsen genau da, wo ich ihn stehen gelassen hab, in der Hand dieses komische lange Metallding. Keine Ahnung, was das ist, ein Schlagstock? Tut mir plötzlich leid, dass ich Niko so losgelassen hab. Als wär ich allergisch oder so. Dabei hat er mich gerettet. Falls man das so sagen kann. Aber Danke sagen geht jetzt irgendwie auch nicht, hier vor den anderen. Vielleicht später, mal sehen. Ich hake Melinda unter.

»Ich hol mir ein Eis!« Hauptsache, ich komm jetzt mal von Marko weg, der mich immer noch anstarrt. Ob der irgendwem irgendwas erzählt? Hoffentlich hält er einfach die Klappe.

Am Abend ist die Party, die zu jedem Klassenausflug dazugehört. Elvira und Siri haben alles vorbereitet, die haben den Partyraum im Keller der Jugendherberge schon vor dem Abendessen mit Luftballons und Luftschlangen geschmückt. Es gibt Chips und Cola und wir sollen alle Musik zum Tanzen mitbringen.

Ich hab keine Lust auf das ganze Trara, nicht heute. Zieh statt dem schwarzen Glitzer-Top, das ich dafür mitgenommen hab, lieber ein normales rotes T-Shirt an und steck es fest in die Jeans.

»Was ist mit dem Glitzerding?«, fragt Melinda natürlich gleich.

»Hab irgendwie keine Lust drauf.« Ich kann ihr ja schlecht sagen, dass ich mich unwohl fühle, und denke, je weniger man von meinem Körper sieht, desto besser. Weiß ja nicht, ob Marko mich jetzt in Ruhe lässt oder ob er's noch mal probiert. Gestern Morgen wäre ich vielleicht noch wild drauf gewesen, mit ihm zu tanzen, aber jetzt grad würd ich mich lieber im Klo verstecken.

»Kann ich es?«, fragt Melinda.

War ja klar. Ich nicke. Sie schminkt sich die Augen mit Kajal und silbernem Lidschatten, dann biegt sie ihre Wimpern zurecht. Sie hat so ein Metallding dafür, das sieht aus wie aus dem Foltermuseum.

»Und du?« Sie hält mir ihr Schminktäschchen hin, weil sie weiß, dass ich keins habe. Ich schüttel den Kopf.

Melinda guckt mich irritiert an. »Was ist eigentlich los, Mann?« Ist aber nicht richtig ernst gemeint, die Frage, sonst würd sie nicht eine Sekunde danach laut aufkreischen, weil Caro ihr Haarspray in den Nacken sprüht. Die zwei liefern sich eine Haarsprayschlacht und dann muss Melinda sich noch mal neu schminken. Vielleicht will sie gar nicht wirklich wissen, was mit mir los ist. Ich glaub, Melinda findet Marko schon ziemlich lang ziemlich toll.

Als ich in den Partykeller komm, merke ich sofort, dass was nicht stimmt. Jan glotzt mich so komisch an, lang und ohne Blinzeln. Dann Lukas und Kevin. Die stehen bei dem Tisch mit den Chips und schielen zu mir rüber, dann sagt Lukas was zu Kevin, dann schielen sie wieder.

Die Musik ist echt laut, ich wunder mich, dass die Lehrer nichts sagen, aber vielleicht sind die auch k.o. vom Klettern. Beide stehen zusammen in einer Ecke und quatschen. Die meisten von uns stehen bei den Chips, was ich erst nach einer Weile bemerke, weil ich selber keine Lust auf Chips hab und auf der anderen Seite bin, aber alle, die dort rumstehen, schauen so komisch zu mir rüber und tuscheln. Nur Marko fehlt noch. Ist ein bisschen so, als könnte die Party erst richtig losgehen, wenn er da ist.

Und als er kommt, geht es dann auch los. Marko sieht perfekt aus. Er hat superviel Gel in den Haaren und dann dieses hautenge türkisblaue T-Shirt. Er geht auch nicht zum Tisch mit den Chips, sondern bleibt in der Mitte stehen. Als wär er gekommen, um die Tanzfläche zu eröffnen, und sofort gehen alle auch in die Mitte, wie von einem Magnet angezogen. Der Bass wummert. Und dann fangen sie an, sich zu bewegen, jeder erst mal für sich, so eine Art langsames Massengewippe, dann immer wilder. Ich mach auch mit und versuch jetzt einfach mal, locker zu werden. Jemand macht das Licht dunkler.

Marko schaut mich nicht an. Der schaut mich so was von nicht an, dass ich irgendwann drauf komme: Das ist Absicht. Guck ich eben auch nicht. Vergessen wir die ganze Aktion am Zaun einfach. Geht vielleicht, mal sehen. Obwohl mir ehrlich gesagt noch immer ein bisschen die Knie zittern, wenn ich dran denk. Ich tanz weiter.

Unauffällig schau ich mich nach Niko um, einfach aus Neugier. Ich hab mir überlegt, dass ich hier vielleicht Danke sagen kann für heute Nachmittag, bei der lauten Musik merkt keiner so genau, was ich da zu ihm sag. Könnt ja sein, dass ich ihn nur frage, wo es Cola gibt oder so. Und Bedanken muss sein, find ich. Da ist Baba schuld dran. Respekt gegenüber anderen Menschen ist das Einzige, was ich unbedingt von ihm lernen soll, sagt er dauernd. Ich such also das Halbdunkel beim Chipstisch nach Niko ab. Aber da ist er nicht.

Ich glaub es nicht, der tanzt. Ganz am Rand wippt er auf den Füßen hin und her, die Augen sind zu und er ist irgendwo anders. Wär ich jetzt auch gern, vor allem, als die erste Runde Stehblues kommt. Es dauert ein bisschen, aber dann finden sich lauter Pärchen und umschlingen sich mit den Armen, bis nur noch zwei Jungs übrig sind und natürlich Niko – und ich. Erst denk ich, ist sicher Zufall, aber dann beim zweiten und dritten langsamen Stück geht mir auf, dass das natürlich kein Zufall ist: Niemand will mit mir tanzen. Langsam dämmert mir, dass Marko irgendeinen Scheiß über mich erzählt haben muss.

Melinda tanzt schon die zweite Runde mit Marko. Sie hängt an seinem Hals, als wollte sie ihn gleich auffressen. Er sagt ihr was ins Ohr und da guckt sie zu mir rüber und ihre Augen werden so schmal. Sie runzelt die Stirn und guckt wieder weg und dann wieder her zu mir. Und dann klammert sie sich noch mal doppelt so fest an Markos Hals.

In dem Moment seh ich also zwölf ineinander verknotete Pärchen, Frau Mast und Herrn Müller, die zusammen lachen, und dann noch die zwei übriggebliebenen Jungs, die blöd zu mir rüberglotzen, als hätten sie irgendwie Angst vor mir. Und eben Niko, der am Rand rumwippt. Und ich allein in der Ecke neben der Tür. Mein persönlicher Außenseiteralptraum, hurra.

Und da merk ich, wie mein Gesicht heiß wird. Irgendwas in mir zerknallt plötzlich wie eine riesige Kaugummiblase. Ich hab aufgehört zu denken, ich mach das jetzt einfach. Ich geh zu Niko rüber. Tipp ihm auf die Schulter. Ist vielleicht so was wie Trotz, so ähnlich wie auf dem Schulhof, als ich ihm das Tschüs zugerufen hab. Nur, dass jetzt hier alle, aber wirklich alle zuschauen.

»Tanzen wir?«, frag ich gegen die Musik an.

Der Moment, als ich auf Nikos Antwort warte, ist wie ein Aussetzer in der Musik oder wie so eine Art Freeze in einem Film. Alle bleiben kurz stehen und starren in eine Richtung: in meine Richtung nämlich, in unsere. Fast wär ich auch mit eingefroren. Aber ich kann mich ja schlecht selber anstarren.

Ich sehe Sera kurz so an, wie ein unaufmerksamer Kapitän ein Atom-U-Boot ansieht, das völlig unerwartet in seinem Sichtfeld auftaucht, und deshalb ist es eigentlich ein Wunder, dass sie nicht sofort wieder verschwindet, abdreht, so tut, als hätte sie mich niemals gefragt.

Klar, dass der eine Schrecksekunde Reaktionszeit braucht. Der hat nicht damit gerechnet, dass ihn heute jemand zum Tanzen auffordern wird. Dass ihn jemals jemand zum Tanzen auffordern wird. Dass *ich* ihn zum Tanzen auffordere. Sagt dann aber auch nicht Nein. Ich leg also die Arme mehr so locker auf seine Schultern und spür, wie er ganz vorsichtig seine Hände an meine Taille legt, mit so einem winzigen Zögern, kurz bevor er mich echt berührt.

Mit Sera zu tanzen ist im ersten Moment ein Gefühl, als wenn ich mit einer Königin und Pocahontas gleichzeitig tanzte, ein Supernikomoment ohne Supernikobrause. Ich fasse vorsichtig um ihre Taille, und diese Taille ist so schmal, dass ich beinahe wieder loslasse.

nd dann weiß ich kurz nicht, wie es weitergehen soll. Aber Niko, der tanzt einfach los. Und, was soll ich sagen, der tanzt exakt im Takt.

Und obwohl wir eher mit überdurchschnittlichem Abstand tanzen, streifen mich ihre Haare bei jedem Schritt, mit dem wir uns drehen, und ich rieche das Shampoo, irgendwelche exotischen Früchte. Ich halte vor Aufregung die Luft an und versuche gleichzeitig, unbemerkt zu schnuppern, und dann merke ich, dass Sera trotz allem nur ein ganz normales Mädchen ist, weil es ihr viel schwerer fällt als mir, den Takt zu halten.

Mir ist natürlich völlig klar, dass das hier irgendeinen Zweck erfüllt, dass Sera nicht einfach so mit mir tanzt, nur weil sie und ich übrig waren. Überhaupt wäre sie sowieso gar nicht übrig, wenn nicht irgendetwas hier gerade nicht stimmen würde, aber vielleicht genieße ich es gerade deshalb umso mehr – ein Augenblick, der selbst wie erfunden ist, sodass es ausnahmsweise völlig unnötig ist, sich eine Maschine auszudenken, die etwas an der Situation ändert.

Es ist natürlich nur eine Frage der Zeit, dass sich diese Situation ganz von alleine ändert, und gar keine Frage ist, wer damit beginnen wird, sie zu verändern. So beschäftigt war ich mit dem möglichst unauffälligen Schnuppern, dass ich kaum bemerkt habe, wie alle anderen Paare sich uns tanzend nähern. Von oben muss das aussehen wie ein physikalischer Versuch mit magnetischen Teilchen, die sich auf einer Fläche umeinander anordnen und dabei stets in Bewegung bleiben: In der Mitte sind Sera und ich und drum herum in einer Art sich ständig neu bildender Kreisformation wogen alle anderen.

Zuerst bleibt alles still, alles außer der Musik natürlich, aber dieser Augenblick fühlt sich schon so an wie jene Momente mit tiefschwarzem Himmel im Hochsommer, in denen jeder nach oben schaut und mit bis in den letzten Muskel gespanntem Hals auf das Losbrechen des Gewitters wartet – nur, dass es in dieser Situation hier unmöglich sein würde, sich irgendwo unterzustellen.

»Aha, aha, unser neues Liebespaar!« Natürlich ist es Marko, der das Gewitter losbrechen lässt, in das alle sofort einstimmen, weil sie nur auf den Startschuss gewartet haben.

»Fettsäcke sind also dein Geschmack, Sera!«

»Na, schwabbelt es schön?« Viel Gekicher.

»Fettauge und Lästermaul!«

Ich frage mich kurz, was das Lästermaul zu bedeuten hat, aber eigentlich ist klar, dass es irgendwie mit dem zu tun haben muss, was heute Nachmittag zwischen Marko und Sera passiert ist – oder besser gesagt mit der Geschichte, die Marko daraus gemacht hat.

»Und, grapscht er gut, Niikoolaus, der Weihnachtsmann?«

»Der hat doch noch nie ein Mädchen angefasst!«

»Guck mal, sein Bauch berührt sie!«

»Igitt!«

»Hast du keine Angst, dass sein Fett ansteckend ist?«

»Guck mal, sieht aus wie eine tanzende Tiefseequalle!« Das war einer der schlaueren Mitschüler – sonst wüsste er nicht, dass eine solche Spezies überhaupt existiert.

»Mit ihrer Liebsten.«

»Der Liebestanz der Tiefseequalle!« Großes Gelächter.

»Haben die überhaupt ein Geschlecht, die Quallen?«

»Gut versteckt vielleicht!« Noch viel lauteres Gelächter.

Ich schwebe weiter, eine Tiefseequalle weit unter der Oberfläche, ganz ohne Gewicht. Andere Leute würden das als Mobbing der Sonderklasse bezeichnen, aber komischerweise ist es das für mich gar nicht, denn während des ganzen Spottgewitters halte ich mich tatsächlich immer noch an Sera fest beziehungsweise sie sich an mir, und ich tanze weiter, diesen besonderen Duft in der Nase, mache schlafwandlerisch einen Schritt nach dem anderen, so lange jedenfalls, bis sie beginnt, sich erst immer fester in meine Schultern zu krallen, um dann komplett aus dem Takt zu geraten. Und dann reißt sie sich los und stürmt aus dem Partykeller.

Ich mache noch ein paar Schritte weiter, wie ein Kreisel, der erst ausdrehen muss, bevor er langsam stehen bleibt, und in diesem Moment nehme ich die ganzen heiß getanzten und rot gelachten Gesichter, die sich um mich zusammenziehen, dann doch noch wahr. Dass ich dieses Magnetfeld überhaupt verlassen kann, habe ich, ehrlich gesagt, nicht gerade meiner Reaktionsfähigkeit zu verdanken, sondern nur Frau Mast, die jetzt mit Verspätung doch noch realisiert hat, dass hier gerade irgendetwas passiert, was über eine durchschnittliche Stehbluesrunde hinausgeht, und die sich entschlossen wie ein Schneeräumfahrzeug in den Tumult hineinschiebt.

Ich stolpere durch die von ihr gebahnte Schneise aus dem Partykeller hinaus, die Treppe hoch, auf die Terrasse und an der Tischtennisplatte vorbei. Draußen ist es kühl. Meine Ohren rauschen noch von der Musik. Sera ist nirgends zu sehen. Ich gehe ein ganzes Stück vom Haus weg und setze mich unter einen der beiden Obstbäume ins Gras, das so feucht ist, dass ich augenblicklich einen nassen Hintern bekomme. Langsam gewöhnen sich meine Ohren an die Abwesenheit der Musik, aus der wattierten wird eine echte Stille.

In der Ferne kreischt der komische Vogel vom Abend vorher, so als wolle er zeigen, dass er immer noch da ist, und irgendwie finde ich das tröstlich. Ich mache die Augen zu und lausche.

»Wie hältst du das bloß aus?«, fragt Seras Stimme plötzlich. Sie kommt von irgendwo oben aus dem Dunkel über mir. Erstaunlich, dass sie auf Bäume klettert, das hätte ich ihr gar nicht zugetraut.

»Ist bei dir ja jeden Tag so!« Das Ausrufezeichen in ihrem Satz steht in der Luft. Ich mache mir gar nicht die Mühe, sie zu orten und zucke nur mit den Schultern.

»Und jetzt gehst du da gleich einfach wieder rein, oder was?«

»Hast du einen Alternativvorschlag?« Ich weiß, dass ich lässiger klinge als nötig, aber das ist nur eine ausgleichende Reaktion auf die übertriebene Hysterie in ihrer Stimme.

»Ich geh da jedenfalls nicht mehr rein!« Sie schreit beinahe.

»Wieso, waren doch alle auf mich gerichtet, die Beleidigungen«, sage ich. »Tiefseequalle, schwabbel, schwabbel, igitt, der Bauch.«

»Dir geht's wohl zu gut!« Ihre Stimme schnappt jetzt vollends über. »So was Beschissenes ist mir noch nie passiert!«

Ich sage zuerst nichts, aber dann kann ich es doch nicht lassen. Vielleicht war Littles Schlagfertigkeitstraining doch nicht ganz vergeblich. »Ich denke mal, in der Tat bist du es, der es besser gehen könnte. Mir hingegen geht es wirklich fast zu gut. Immerhin habe ich gerade das allererste Mal mit einem Mädchen getanzt, und zwar mit einem ziemlich schönen.«

Hingegen. *Hingegen,* sagt er. Das schleudert mich aus der Kurve, so ein Wort. Bis grade eben dachte ich, ich dreh jetzt vollends durch und der ist schuld dran. Drinnen tanzt der coolste Junge der Klasse, der auf mich steht, aber nebenbei ein rücksichtsloser Grapscher ist, mit meiner besten Freundin. Und hier draußen sitz ich im Baum und schrei einen Jungen an, mit dem ich noch nie mehr als einen Satz wie »Hast du mal einen Radiergummi?« gewechselt hab. Jedenfalls, bis ich den ersten Stehblues meines Lebens mit ihm getanzt und dabei den ersten Shitstorm meines Lebens erlebt hab. Und zwar gleichzeitig.

Aber dass der so ein Wort wie *hingegen* benutzt und mir ein Kompliment macht, grade nachdem ich ihn beschimpft hab, das haut mich dann doch um. Und dann hat er auch noch recht. Erstens haben wirklich alle Beleidigungen auf ihn gezielt. Und zweitens bin ich schuld an der ganzen Geschichte und nicht er. Weil ich ja angefangen hab, mit ihm zu tanzen. Und weil er gar nichts mit der Sache mit Marko und mir zu tun hat. Andererseits irgendwie ja doch, seit heute Nachmittag.

Jedenfalls hat er alles abgekriegt. Und deshalb ist es mir jetzt peinlich, dass ich ausgetickt bin. Ich schau ihn an, was speziell ist, weil ich ihn beobachten kann, er mich aber nicht. Komisch, dass er gar nicht hochschaut. Will anscheinend gar nicht wissen, wo ich steck. Wie kann man nur so die Ruhe weg haben? Dabei sitz ich echt fast genau über ihm im Baum, sind kaum zwei Meter zwischen uns. Niko sieht anders aus. Der Bauch fällt nicht so auf, von oben, im Dunkeln. Seine Haare liegen ganz hell und weich am Kopf. So weich, dass man fast reinfassen will. Rundes Gesicht, wie ein Smiley. Die Nase ist richtig grade, perfekt symmetrisch. Und lange, dunkle Wimpern hat er. Melinda würd ihn drum beneiden, wenn sie das sehen würde.

Ich muss zugeben, das fällt mir jetzt so was von nicht leicht, Danke zu sagen. Fühlt sich an, als hätt ich eine ganze Packung Karamellbonbons zwischen den Zähnen, von diesen extraklebrigen. Ich bin eben auch sauer auf Niko. Hätte mich nicht jemand anderes retten können? Jemand Normales. Das wär doch alles anders gelaufen, wenn der nicht so ... dick wäre. Und dann sag ich es eben doch.

»Danke.«

»Danke, was?«

»Hä?«

»Für das Kompliment oder für mein Einschreiten bei Markos unangemessener Überfallgrapschattacke heute Nachmittag?« Das sagt er wirklich: Überfallgrapschattacke. Was für ein Wort. »Oder habe ich dich doch eher vor dir selber gerettet?« Da lacht er leise dazu.

»Mann, du machst es einem echt schwer, danke zu sagen.« Ich seh von oben, wie er lächelt. Seine Nase wird breiter und auf beiden Seiten davon seh ich ein Stück Mundwinkel. Ein richtig freundliches Lächeln ist das, kein fieses wie bei Marko.

»Das Dankeschön ist angenommen.« Schon wieder so ein Satz.

»Und jetzt?«

»Was, und jetzt?«, fragt er. Vielleicht will er echt die ganze Nacht unter dem Baum sitzen bleiben.

»Was? Machen? Wir? Jetzt?« Ich merk es selber, ich kling schon wieder aggressiv.

»Du erwartest jetzt nicht von mir, dass ich auf den Baum klettere, oder?«

Was soll ich denn jetzt sagen? Will ihn ja jetzt nicht gleich wieder beleidigen.

»Es liegt nicht an der Höhenangst, weißt du«, sagt er. »Ich wollte eigentlich schon immer Astronaut werden, aber im momentanen Zustand überschreite ich die maximale Gewichtsvorgabe.«

Ich frag mich kurz, ob das jetzt so was wie ein Test ist. Ich meine, ist ja schon witzig, dass der so über sich selber redet, aber wer weiß. Dann seh ich wieder die Mundwinkel. Ich glaub plötzlich, der weiß genau, wo ich sitz.

»Ich geh da jedenfalls nicht mehr rein«, sage ich.

»Wenn wir noch viel länger gemeinsam rumhängen, dann wird es für dich allerdings auch nicht unbedingt angenehmer, das ist dir hoffentlich bewusst?«

»Und für dich?«, frage ich.

»Ich bin's gewöhnt, im Gegensatz zu dir.«

»Okay, dann gehen wir eben einzeln in unsere Zimmer, oder?«

Das ist natürlich der einzig vernünftige Vorschlag. Ist sowieso ein Wunder, dass nicht schon längst jemand rausgekommen ist, um uns weiter zu nerven. Ist sicher nur Frau Mast dran schuld. Die hält wahrscheinlich drinnen grade eine extralange Standpauke zum Thema Mobbing und andere in Ruhe lassen, Respekt und Toleranz, das ganze Blabla.

»Ja, gut«, sagt Niko. Ich seh, wie er sich mit beiden Händen vom Boden abdrückt. Im Gras bleibt ein großer Abdruck von seinem Hintern zurück. Jetzt ist sein Kopf ziemlich nah bei meinem Gesicht. Ich könnt ihn sogar berühren. Könnt fühlen, ob die Haare echt so weich sind, wie sie aussehen. »Also dann«, sagt er. Klingt nicht depri oder so. Das ist echt alles totaler Alltag für den.

Ich stell mir vor, wie ich jetzt in mein Bett geh. Wie Melinda und die anderen kommen und kichern und ich mich schlafend stell. Aber morgen muss ich dann zum Frühstück in den Speisesaal und Kanufahren und was weiß ich was noch alles. Und dann weiß ich immer noch nicht, was Marko den anderen über mich erzählt hat, und wenn der das nicht will, dann krieg ich das auch nicht raus, ist ja klar. Und dann machen die alle weiter mit dem Geglotze, Gelächter, Gemobbe. Hab ja vorher schon gesehen, wer das Sagen hat, wenn's drauf ankommt. Und für mich ist das nun mal kein Alltag.

»Wart mal«, sag ich. Ich schwing die Beine voraus und lande neben Niko auf dem Boden. Er zuckt kein bisschen zusammen. Klar, der steht stabil. »Ich weiß was Besseres. Wir hauen ab.«

»Wer? Was? « Er dreht sich zu mir um, und ich seh genau, was er denkt, nämlich, dass ihn da schon wieder jemand verarscht. Also schau ich ihm todernst ins Gesicht. Damit da jetzt auch keine Missverständnisse entstehen. Ist schließlich das erste Mal, dass ich was selber bestimme, ich ganz allein. Ohne Baba, der es mir verbietet oder erlaubt, ohne Melinda, die mir mal wieder reinquatscht, ohne Marko, bei dem ich gut finden soll, was er macht. Am allermeisten ohne Marko.

»Wir: du und ich. Jetzt. Notfall. Abhau. Plan«, sag ich also laut und deutlich. Und weiß selber erst, als ich es sag: Ich mein es genau so.

Das Wort Notfallabhauplan allein würde mich natürlich schon zum Stutzen bringen, aber der potenzielle Inhalt dieses Wortes lässt alle meine Überraschungssensoren doppelt ausschlagen. Mir fällt keine einzige Situation ein, in der ich schon einmal ernsthaft darüber nachgedacht hätte, wegen einer dieser verbalen Attacken das Weite zu suchen. Dass dieses miese Gefühl sich in meinem Inneren breitmacht wie ein großer Klecks Tinte auf einem nassen Blatt Papier – versteht sich. Dass ich mich in kindische Supernikoträumereien flüchte – klar. Aber richtige Fluchtfantasien? Wer so aussieht wie ich, der kann nicht fliehen: Wohin auch immer ich fliehen würde, ich müsste meinen Körper mitnehmen. Und meinen Körper mitzunehmen, bedeutet unweigerlich, ungefähr alle Probleme mitzunehmen, die ich habe, und was für einen Sinn hat dann Flucht? Menschen, die aussehen wie Sera, können hingegen immer und überall neu anfangen, und neu anfangen heißt in ihrem Fall nicht bei null anfangen, sondern mit einem Bonus. In solch einem Fall lohnt sich Flucht natürlich.

»Machst du das öfter?«, frage ich deshalb gleich.

»Was? Abhauen? Nö.«

»Ich auch nicht.«

»Und?«

»Na ja, und dann glaubst du, dass wir das nun spontan machen sollten, an einem Ort, den wir nicht kennen, mitten in der Nacht?« Und mit jemandem, den man überhaupt nicht kennt, füge ich in Gedanken hinzu.

»Mal was Neues ausprobieren«, sagt sie. »Außerdem, ein Ort, den du kennst, ist langweilig.« Sie schleudert ihre langen Haare aus dem Gesicht und streift sich ein Haargummi vom Handgelenk, um sich schnell und energisch einen Pferdeschwanz zu binden. Der Geruch von vorhin trifft mich frontal. Aprikose, Urwald, Sommer. Abenteuer also. *Wir* hat sie gesagt. Als wäre das völlig normal, dass wir ein Team sind, jetzt, sofort, zusammengeschweißt durch einen kurzen gemeinsamen Tanz – zusammengefesselt wohl eher, aus ihrer Perspektive.

»Ja, okay«, sage ich und höre, wie lahm es klingt, aber Sera hört es offenbar nicht. Sogar im Halbdunkel unter dem Baum, wo das Terrassenlicht uns kaum erreicht, kann ich erkennen, dass dieses Abenteuer schon jetzt ein intensives Strahlen auf ihrem Gesicht erzeugt, als ob sich ihre Wut von vorher in pure Energie verwandelt hätte. Offenbar ist es völlig bedeutungslos, wer sie jetzt bei ihrem Notfallabhauplan begleitet, Hauptsache, es geht los. Sie erinnert mich sehr an Little, wenn er plötzlich eine Idee hat, die dann unmittelbar in die Tat umgesetzt werden muss. Ich wünschte, er wäre jetzt hier, um mir einen seiner Ratschläge zu erteilen, die ich so oft verschmähe.

»Sollten wir vielleicht noch irgendetwas mitnehmen?«, versuche ich es mit einem praktischen Vorschlag. Sie schaut mich an, als hätte ich gefragt, wo ihr Raumschiff steht. »Ich könnte natürlich auch schnell ein Multifunktionsabenteuerhandtäschchen erfinden und herzaubern, damit es uns an nichts mangelt«, murmle ich, mehr zu mir selbst, und beiße mir sofort auf die Zunge. Woher kommt bloß dieser plötzliche Übermut? Immerhin ist sie jetzt aus ihrer komischen leuchtenden Trance erwacht und schaut mich mit schräg gelegtem Kopf direkt an.

»Mangel? Zeitmangel!«, sagt sie.

Ich muss mich wirklich daran gewöhnen, wie sie spricht, in diesen übertrieben knappen Sätzen, die klingen wie mit einem extrascharfen Schneidemesser zerhackt.

Wir schleichen uns dann doch noch kurz in den Aufenthaltsraum, um unsere Jacken von den Haken zu holen und zwei Wolldecken mitgehen zu lassen. Noch ist Spätsommer, aber nachts wird es kalt. Mit den um die Schultern geschlungenen Wolldecken stehlen wir uns durch den Garten davon, zwei dunkle Gestalten, eine dünn und eine dick, die soeben den ersten Klassenausflug ihres Lebens abbrechen. Ich taste nach Osmans Zauberwaffe in meiner Jackentasche, um mir Mut zu machen. Als ich zurück zur Jugendherberge schaue, meine ich kurz, jemand hinter dem Plastikvorhang unseres Viererzimmers gesehen zu haben, aber vermutlich habe ich mich getäuscht – keiner hält uns auf und so stapfen wir schweigend und ziellos in die vom fast vollen Mond beschienene Landschaft hinein.

Mit meinem Wollumhang fühle ich mich wie in einem Fantasyfilm, in dem ich wie selbstverständlich die Rolle des etwas schwerfälligen, aber umso treueren Begleiters der fliehenden Prinzessin spiele – sofort muss ich an *Herr der Ringe* denken, während meine Prinzessin sich einen Weg durch das hoch gewachsene Gras bahnt. Vielleicht hat sie mich schon vergessen.

Auf der dritten Wiese rutscht Sera plötzlich aus, flucht und fängt sich wieder. »Kuhfladen«, kommentiert sie knapp und fügt hinzu: »Beschissener Fuß.« Sie kichert nixenhaft leise und glucksend wie gestern im Schwimmbad. Anscheinend habe ich ihren Humor unter- und ihre Mädchenzickigkeit überschätzt. In einem kleinen Bach, den wir im Dunkeln beinahe übersehen hätten, schrubbt sie Fuß und Schuh mit ausgerissenen Grasbüscheln, während der Mond kleine Glitzerflecken auf ihren Haaren hinterlässt, die die ganze Szene noch surrealer machen. Auf der anderen Seite des Baches hält Sera so abrupt an, dass ich ihr auf den nassen Fuß trete. »Hier bleiben wir.«

Offensichtlich ist sie es gewöhnt, über andere zu bestimmen. »Gerne, Prinzessin«, murmle ich unwillkürlich. Sie fährt zu mir herum und starrt mich funkelnd an. »Entschuldigung«, sage ich. »Ist mir herausgerutscht.«

Um uns herum stehen lauter kleine knorrige Bäume, die ihre Äste verkrüppelt in den dunkelblauen Himmel strecken – das perfekte Setting für unseren komischen kleinen Film.

»Ich muss aber nicht mit dir auf den Baum klettern, oder?«, frage ich, weil sie einfach stehen bleibt und nichts sagt.

»Heute nicht.« Sie lacht wieder ihr glucksendes Meerjungfrauenlachen. »Holen wir aber nach, die Aufgabe.«

Dann lässt sie sich mitsamt ihrem Umhang zu Boden sinken und rollt sich so schnell in ihrer Decke zusammen, als sei das ihre bevorzugte Übernachtungsart. Sie hat sich so eingewickelt, dass man sie nicht mal aus der Nähe als menschliches Wesen erkennen könnte. Ich setze mich und lehne mich am nächsten Stamm an. Mir fällt Frau Mast ein.

»Sollen wir nicht doch lieber zurück?«, frage ich. »Das gibt wirklich großen Ärger.«

»Zu spät. Und zu peinlich«, antwortet der Wollhügel.

»Und wenn die uns jetzt suchen?«

»Merken sicher erst morgen früh, dass wir weg sind.«

»Und dann rufen sie deine Eltern an und die machen sich schreckliche Sorgen und so weiter.«

»Deine auch.«

»Die nicht.«

»Wieso nicht?«

»Ich wohne bei meiner Großmutter.«

Der Hügel richtet sich auf und wendet mir sein Gesicht zu. »Wieso das denn?«

Ich habe überhaupt keine Lust, darüber zu reden.

»Wieso?«, wiederholt Sera.

»So halt.«

»Keiner wohnt so halt bei seiner Großmutter, Mann!«

Ich schweige. Sie starrt mich noch einige Sekunden an, was ich nur daran erkenne, dass der helle Fleck ihres Gesichts weiter in meine Richtung guckt. Dann lässt sie das Ganze auf sich beruhen.

»Und deine Großmutter macht sich keine Sorgen?«

Ich überlege kurz und stelle mir Großmama vor, wie sie ans Telefon geht und eine aufgebrachte Frau Mast ihr sagt, dass ich abgehauen bin.

»Nein, eher nicht«, sage ich dann ehrlich und lächle ins Dunkel. Ich kann mir vorstellen, was Großmama sagen wird. »Na, endlich mal« vielleicht. Oder: »Er wird schon wissen, was er tut.«

A ha. Hatte ich also recht mit der Oma, gestern beim Bus. Aber was mit den Eltern ist, das würd mich jetzt schon interessieren. Stimmt doch was nicht bei dem. Ich mein, keiner, der sich um einen Sorgen macht – gibt's ja gar nicht. Ich krieg schon Gänsehaut, wenn ich nur dran denk, wie Frau Mast mit Baba telefoniert. Der hat schon fast einen Herzinfarkt gekriegt, als Farid mal eine Nacht weggeblieben ist und sein Handyakku leer war. Und Farid ist drei Jahre älter als ich und ein Junge. Ich vergess den Stress aber, weil ich erschrecke: In der Luft direkt über uns flattert was.

»Fledermäuse«, sagt Niko.

Keine Ahnung, woher der das sofort weiß. Mehrere kleine schwarze Schatten wirbeln schnell und chaotisch vor dem nachtblauen Himmel hin und her. »Sie sind nicht gefährlich, es sind keine Vampire.«

»Seh ich aus, als ob ich Angst hab?«, sag ich.

Er lacht. Ich seh nur weiße Zähne im Dunkeln. »Du siehst gar nicht aus. Ich seh nur eine dunkle Erhebung über dem Boden, die einer Hügelkette gleicht.«

Irgendwie mag ich, wie der redet. Diese langen Wörter, und auch sonst redet er so komisch, ein bisschen wie ein Gedicht oder so was. Auf einmal merk ich, dass ich echt froh bin, dass der jetzt da ist. Auch wenn das unlogisch ist, weil ohne den wär ich jetzt ja gar nicht hier.

»Was war das eigentlich gestern Nachmittag – ein Schlagstock?«, sage ich, weil mir einfällt, dass wir hier ganz allein sind und uns jemand angreifen könnte. Komischerweise weiß er sofort, was ich mein.

»Das da?« Er zieht diesen langen Schraubenzieher irgendwo raus. Im Dunkeln kann ich nichts Genaues erkennen. »Hat Osman mir mitgegeben, ein Freund von mir. Ziemlich unbrauchbares Ding.«

Ich denk, dass die komische Waffe gar nicht so unbrauchbar war, als Marko mich belästigt hat. Dann wunder ich mich noch, dass Niko einen Freund hat. Und zum Schluss denk ich noch, dass Niko auch aussieht wie eine Hügelkette, oder eher wie eine Bergkette mit hin und her zuckenden Fledermäusen drum rum. Und dann denk ich nichts mehr, sondern bin schon weggedämmert.

ch wache auf, als die Sonne gerade aufgeht. Alles ist feucht und ich habe eiskalte Füße. Gegen den hellblauen Himmel zeichnen die Silhouetten der knotigen Äste über mir ein skurriles Märchendach. Sera atmet in tiefen Zügen neben mir. Sie ist immer noch fest in die Decke gewickelt, ich kann nur ihr Gesicht sehen, ein paar dunkle Haarsträhnen haben sich mit dem Gras zu einem breitsträhnigen Spinnennetz verwoben. Zum ersten Mal, seit wir zusammen getanzt haben, eigentlich zum ersten Mal überhaupt, schaue ich sie wirklich an. Ihr schmales Gesicht, die symmetrischen tiefschwarzen Augenbrauen, die langen, dunklen Wimpern, die im Schlaf zucken. Ich weiß schon, warum alle in sie verliebt sind. Sie ist wunderschön. Ich kann nicht wegschauen, auch nicht, als sie aufwacht: Zuerst zittern die Augenbrauen leicht, dann kommt flackernde Bewegung in ihre Wimpern. Kurz fühle ich mich wie der Prinz, der Dornröschen wach geküsst hat, dabei habe ich sie nicht mal berührt. Sie guckt schlaftrunken erst auf mich, dann auf das Ästedach, dann gähnt sie und dann grinst sie.

»Morgen.« Sie streckt die Arme senkrecht in die Luft und kreist mit den Handgelenken. Es knackt leise.

»Guten Morgen«, sage ich und starre immer noch. Sie schaut an mir vorbei in den tiefblauen Himmel. »Ein Morgen, an dem man einen Kondensstreifen-Einsammler erfinden sollte.« Ich weiß nicht, was mich dazu bewegt, ihr den Tick mit dem Erfinden jetzt auch noch preiszugeben. Die Nacht im Freien muss mir das Gehirn vernebelt haben.

»Was?« Zumindest schaut sie mich jetzt an. Ich zeige auf den Himmel. Vier Flugzeuge haben ihre leuchtend weißen schnurgeraden Linien auf dem hellblauen Himmel hinterlassen.

»Flugzeuge. Kondensstreifen«, sage ich, um es einmal so kurz zu machen wie sie.

»Und dann? Was machst du mit denen? Wenn du sie mit dem Kondensstreifen-Einsammler eingesammelt hast?«

Sie hat sich das Wort auf Anhieb gemerkt.

»Keine Ahnung«, gebe ich zu. »Erst mal einfach nur einsammeln, weil sie so schön leuchten.«

Sie schaut jetzt auch nach oben in den Himmel. In ihren Haaren hängen ein paar Grashalme. »Konservieren für Regentage«, sagt sie dann. »Brauchst du aber 'ne gigantische Box. Mit Polster aus Watte drin.«

»Kein Problem«, sage ich mit gespielter Überheblichkeit. Sie lächelt mich an. Anscheinend findet sie es überhaupt nicht merkwürdig, dass wir hier gemeinsam auf einer Wiese im Nirgendwo übernachtet haben. Direkt neben ihr schießt ein neongrüner Grashüpfer aus dem Gras und bringt sich in Sicherheit.

»Ich find die kleineren Leuchtdinger da auch interessant.«

Ich folge ihrem Blick. Vom Rand der Wiese bewegen sich unzählige weiße Flecken in unsere Richtung. Eine Schafherde, ein blökendes Wollmeer, das lauter werdend unaufhaltsam auf uns zurollt. Ich schäle mich aus meiner Decke und gehe den Schafen entgegen.

»Hey, was machst du?«, ruft Sera hinter mir.

»Schafe begrüßen«, sage ich über die Schulter, als wäre das etwas, was ich jeden Tag tue.

Sera ist auch aufgestanden und lehnt, immer noch in ihre

Decke gehüllt, am Baum und schaut mir nach, und in diesem Moment fühle ich mich wirklich so, als wäre ich ihr Beschützer. Ich bleibe stehen und die ersten Schafe strömen jetzt um mich herum, drücken sich gegenseitig weg und streifen dabei auch mich. Ich rieche ihren warmen, wolligen Erdgeruch.

»Ich zähme sie für dich«, rufe ich Sera zu.

Am Rand der Schafherde taucht jetzt der Schäfer auf, ein sehniger älterer Mann mit gebräunter Haut und einem ausgebeulten, farblosen Hut. Er nickt mir zu, als die Schafherde mich komplett eingeschlossen hat. Ich lege jede Hand auf einen Schafhintern, spüre das zottelige, borstige Fell, dann reiße ich unvermittelt die Arme hoch und fange an, mich wie ein Kreisel um mich selbst zu drehen, und brülle dabei wie ein Stier. Die Schafe stieben auseinander und rasen panisch in alle Richtungen davon. Ich schließe die Augen und drehe und brülle weiter, bis mir schwindelig wird. Ich rieche Schafe, schmecke Luft und höre die vielstimmige Blökmelodie. Ich öffne die Augen wieder und lasse mich rückwärts ins Gras fallen. Der Himmel dreht sich, die Kondensstreifen schlingern wild.

»Junge, bist du verrückt geworden?«, ruft der Schäfer. Mit ausgebreiteten Armen versucht er, seine Schafe wieder zusammenzutreiben.

»Ja!«, schreie ich japsend in den blauen Himmel. »Ich glaube schon!«

kay. Der Typ ist nicht normal. Als er zwischen den Schafen seinen Ausraster kriegt, sieht er aus wie ein Kreisel auf Drogen oder so. Da kann ich echt selber nur noch glotzen wie ein Schaf. Ich mein, in der Schule, da macht er nichts Auffälliges, außer dass er schon auffällt, ohne was zu machen. Als der Schäfer weg ist, geh ich rüber zu Niko. Der liegt immer noch auf dem Rücken und keucht. Ich stell mich so vor ihn, dass mein Schatten auf sein Gesicht fällt. »Was war das denn?«

Er blinzelt. »Mal was Neues ausprobieren«, sagt er und grinst.

Wo lässt er eigentlich seine Schlagfertigkeit, wenn er in der Schule sitzt und Marko ihm eine nach der anderen reinwürgt? Jetzt sieht er jedenfalls total zufrieden aus. Die hellen Haare stehen auf der einen Seite vom Kopf ab, die Augen glitzern. Liegt da und leuchtet wie ein Atompilz. Irgendwie weiß ich, dass der so was noch nie gemacht hat. Dass er's wegen mir gemacht hat. Meinen persönlichen Held hätt ich mir allerdings anders vorgestellt, wenn mich mal jemand gefragt hätte. Hat aber keiner.

Mein Handy vibriert. Eine SMS von Melinda: *Du bist echt das Letzte!* Na toll, ich hab keine Ahnung, was das jetzt soll. Aber wenn wir schon beim Unangenehmen sind, kann ich auch gleich zu Hause anrufen, bevor ich's mir anders überlege. Mir wird schon ein bisschen schlecht, als ich den Kontakt antippe. Baba ist vor dem zweiten Klingeln dran.

»Hallo, Baba«, sag ich leise.

»Du kommst sofort nach Hause!«, brüllt Baba. Ich halt das Telefon ein Stück von meinem Ohr weg, so wie man das im Film immer sieht. Baba brüllt nie. Weiß also schon Bescheid. Und macht sich echt Sorgen. »Wo bist du überhaupt?«

»Auf einer Wiese«, sag ich. Bisschen doof natürlich.

»Bist du verrückt?«, schreit Baba. Er rollt das r extralang. Wenn er sich aufregt, kommt sein Akzent raus.

»Mir geht's gut, Baba«, sag ich. »Bin ja auch nicht allein.«

»Eben!«, schreit Baba. Seine Stimme macht einen Salto. »Was ist das überhaupt für ein Junge da? Hat er dir gedroht?« Ich schau zu Niko rüber, der grade seine Schnürsenkel neu bindet und so aussieht, als würd er absichtlich weghören. Ziemlich höflich. »Was? Nein!«

»Ich mach kleines Holz aus ihm.« Wenn er nicht so brüllen würde, müsst ich lachen. Kleines Holz, klingt so nach Baba.

»Ich komm bald nach Hause, Baba«, sag ich. »Und wenn's Probleme gibt, ruf ich an, echt.«

»Probleme, was für Probleme?«, ruft Baba noch, dann drück ich ihn weg und schalte auf lautlos. Meine Mutter wird Baba schon irgendwie beruhigen, die schafft das immer. Ich seh das direkt vor mir, wie sie ihn in den Stuhl drückt und ihm ein Glas kalte Milch hinstellt. Milch, ausgerechnet. Die wirkt komischerweise wie ein Beruhigungsmittel bei Baba. Das Telefon vibriert noch eine Weile vor sich hin, ich ignorier es. Fällt mir irgendwie gar nicht schwer. Ich fühl mich plötzlich total frei.

»Hunger?«, frag ich. Niko nickt.

Ich greif in den Baum über uns und pflück zwei große Äpfel, einfach so. Geb Niko einen davon und beiß in den anderen rein. Wie Apfeleis, so kalt ist der, und ziemlich sauer.

»Weg hier«, sag ich und geh einfach los.

Das Nächste, was kommt, ist ein Dorf. Also, richtig kleines Dorf. Ein paar Häuser, Miniaturkirche, Kopfsteinpflaster. Keiner auf der Straße, sieht aus wie ein Geisterdorf. Sonntagmorgen, klar. Wir gehen mitten auf der Straße. Mit den Wolldeckenmänteln sehen wir wahrscheinlich aus wie zwei obdachlose Straßenkinder. Am Ende der Straße ein Spielplatz, auch total verlassen und ziemlich runtergekommen. Rutsche, Klettergerüst, zwei Schaukeln. Von allem blättert die Farbe ab, gelb, grün, rot, blau. Untendrunter ist nacktes, rostiges Metall.

Seit Jahren war ich auf keinem Spielplatz mehr, kann mich gar nicht mehr erinnern an das letzte Mal. Weiß nur noch, dass Baba mich früher immer auf die Schaukel gesetzt hat. »Festhalten, Prinzessin!«, hat er gerufen, und dann hat er mich angeschubst, total hoch, und meine Mutter hat im Hintergrund gerufen: »Nicht so hoch, sie fällt gleich runter!«, aber ich wollt immer noch höher, und Baba hat weitergemacht. Ich kann mich plötzlich an das Gefühl erinnern, das ich da immer hatte: Schwerelos war das, so ein Kitzeln im ganzen Körper. Die Schaukel, als ich klein war, die sah genau gleich aus wie die hier: zwei schwarze Gummisitze an rasselnden Eisenketten.

Wir lassen beide unsere Wolldecken fallen und stürmen auf die Schaukeln zu. Wir schauen uns nur kurz an und ich sehe wieder dieses Abenteuerglitzern um Seras Pupillen herum. Dann stoßen wir uns wortlos und ohne zu zögern genau gleichzeitig ab, als hätten wir uns abgesprochen. Ein Schaukelduell, Beine auf und ab und auf und ab, direkt in den blauen Vormittagshimmel hinein, immer schneller und höher. Ich bin schon immer gerne geschaukelt, bis jetzt schaukle ich gerne. Beim Schaukeln vergesse ich mein Gewicht und bewege mich leicht und schnell, schwerelos.

Die Schaukel auf diesem trostlosen Spielplatz schnellt vorwärts wie frisch geölt, ohne Ruckeln, ohne Quietschen, nur die Ketten rasseln neben meinen Ohren. Ich fliege los und der Wind fährt mir ins Gesicht und lässt mich nach Luft schnappen, und ganz kurz sehe ich das Gesicht meiner Mutter vor mir, die mir besorgt entgegensieht, weil ich so hoch schaukle, eine uralte Erinnerung muss das sein, und ich schiebe sie blitzschnell weg. Stattdessen schaue ich hinüber zu Sera, deren Haare ihr ins Gesicht fliegen, immer, wenn sie nach hinten schwingt, sodass man nicht mehr sieht, wo bei ihr vorne und wo hinten ist. Bestimmt wird ihr schwindelig dabei.

Und dann stürze ich ab, segle mit Höchstgeschwindigkeit gen Boden, während mir noch die Schaukel unterm Hintern klebt, ein entzauberter fliegender Teppich, meteoritenschnell.

er kracht mitsamt der Schaukel unten in den Sand, während ich noch mal mit den Fußspitzen in den Himmel reinsteche. Ich brems hart mit den Sohlen ab und lass mich auch von der Schaukel in den Sand rutschen. Bleib neben ihm sitzen.

»Scheiße. Ist dir was passiert?«, frag ich.

»Nee.« Er liegt flach auf dem Rücken.

Ich trau mich gar nicht, ihn anzuschauen. Ist ja auch echt beschissen: mit der Schaukel runterkrachen, weil die einen nicht ausgehalten hat. Fast so beschissen wie das im Kletterpark, oder? Ich seh aus den Augenwinkeln so ein Zittern. Heult er? Hat sich vielleicht doch was gebrochen. Ich schau jetzt doch rüber.

Der lacht. Nicht laut, aber schon mehr als ein Grinsen. Liegt da im Sand und lacht. Ich starre. Ich stütz mich mit den Händen im Sand ab. Stoß dabei mit meinem Ellbogen an seine Handfläche, aus Versehen. Die ist warm und weich, aber nicht schwammig weich, sondern angenehm weich. Fühlt sich gut an. Komisch, dass ich das in dem Moment denk, ausgerechnet. Ich zieh den Arm wieder zurück, kann aber nicht aufhören zu glotzen.

as denn?«, frage ich, als sie mich so entgeistert anstarrt, als sei ich ein pinkfarbenes Ufo.

»Nix. Ich wunder mich nur, dass du da jetzt so lachen kannst.«

»Wieso denn nicht?«

»Na ja, ich mein ...«. Sie macht diese Pause, in der sie eine breite schwarze Haarsträhne um ihren Ringfinger wickelt. Es sieht aus wie ein glänzender Ring aus dunklem Holz. »Ich mein ja nur. Du hast's eben echt nicht leicht.«

Sie schafft es nicht, zu sagen, was sie wirklich meint. Ich verstehe es trotzdem. Ich stoße mit dem letzten Lacher die Luft mit einem lauten Zischen aus. »Ich hab es *schwer*, meinst du?«, sage ich extra betont.

Sie hält den Atem an. Fast tut sie mir leid – wahrscheinlich wüsste ich an ihrer Stelle auch nicht, was ich sagen soll. Ich möchte ihr plötzlich so gerne erklären, wie das alles ist bei mir, vielleicht wollte ich noch nie so gerne jemandem erklären, wie alles ist bei mir. Also rede ich einfach drauflos. »Es ist nicht so wahnsinnig witzig, fett zu sein, da hast du schon recht. Im Gegenteil, meistens ist es sogar ziemlich unwitzig, ehrlich gesagt. Nur, das heißt nicht, dass deshalb alles andere auch unwitzig ist, weißt du. Oder dass man nichts auf der Welt witzig finden kann.«

Sie sagt nichts, schaut mich nur an. Ihre Augen sind sehr schwarz und ohne Abenteuerglitzern. Ich schau zurück. Sie schaut weg und lässt die Haarsträhne wieder los, und der Ring rollt sich ganz langsam wieder auseinander wie etwas Lebendiges, eine Schlange vielleicht, die sich auf Seras Schulter ausrollt und dort liegen bleibt. Ich bemerke die winzigen feinen Härchen in Seras Gesicht.

Wenn man nur nahe genug hinsieht, bemerkt man, dass der Mensch immer noch so behaart ist wie seine evolutionären Vorfahren, nur sind die Haare winzig klein, fein, flaumig – und jeder Mensch hat andere Stellen, an denen sie sich zu minimalen Pelzen verdichten, bei Sera ist es diese kleine dreieckige Stelle unterhalb des Ohrs. Noch nie habe ich jemanden gesehen, bei dem sogar dieses Haar-Urzeitrelikt so perfekt zu seiner Schönheit beiträgt.

»Wie ist es denn, so auszusehen wie du?«, frage ich.

»Was, so auszusehen wie ich?«

»Schön«, sage ich. »Wie ist es, schön zu sein?« Mir fällt Littles Schockstarre im Supermarkt ein, als er Sera erblickte. Zum ersten Mal denke ich daran, dass Sera vielleicht ebenso oft angestarrt wird wie ich.

»Haha. Danke.«

»Nein, im Ernst.« Sie antwortet nicht. »Ich meine, im Gegensatz zu mir dürfte dir alles leichtfallen. Alle finden dich bezaubernd, du hast alle Möglichkeiten. Du könntest zum Film gehen, was weiß ich. Model werden.«

Sie schaut mich an, als hätte sie gerade begriffen, dass ich geisteskrank bin. »Model werden?« Ihre Augen blitzen wütend.

»Ja, zum Beispiel, also, ich meine …«

»Seh ich so dumm aus, als würd ich nichts anderes hinkriegen im Leben?«

Das gibt's doch nicht, dass der jetzt mit diesem Model-Scheiß kommt.

»Und du? Berühmt durch Diät-Werbung oder was?« Mann, das war jetzt echt blöd. »'tschuldigung. Hab's nicht so gemeint.«

»Doch, doch, hast du«, sagt er. Völlig cool. Als ich mich wieder trau, ihm ins Gesicht zu schauen, bemerk ich zum ersten Mal das Grübchen rechts neben dem Mund, ist nur ein ganz kleines und nur eins. Das bewegt sich, wenn der lacht.

»Mit größerer Wahrscheinlichkeit werde ich mal Erfinder«, sagt er. Als hätt ich ganz normal nach seinen Zukunftsplänen gefragt. Ach ja, klar, der Kondensstreifen-Einsammler. Und das Rumgekritzel in der Mathestunde.

»Und ich entschuldige mich ebenfalls«, sagt er. »Für das Model, meine ich.«

»Vielleicht musst du mal eine Maschine erfinden, mit der jeder ein paar andere Körper ausprobieren kann«, sage ich. »Eine ... Entkörperungsmaschine.«

ch sage Sera nicht, dass ihre Entkörperungsmaschine nur eine Neuauflage meiner Supernikobrause wäre. Ich erkläre ihr nicht, dass die Supernikobrause sie davor bewahrt hat, Markos unerwünschte Streicheleinheiten länger aushalten zu müssen. Und ich sage ihr auch nicht, dass ich ausnahmsweise einmal seit vierundzwanzig Stunden nicht daran gedacht habe, meinen Körper zu verlassen, zu verändern oder zu tauschen.

Vielleicht hätte ich einen anderen Körper, wenn das mit meinen Eltern nicht so wäre, wie es ist. Dann wäre ich aber auch nicht bei Großmama gelandet und es gäbe keine Freitagmittag-Schweinebratenfeste. Ich hätte Osman nicht kennengelernt, sondern ihn abstoßend gefunden. Ich würde Sport machen. Vielleicht wäre ich sogar Markos Freund und würde den Dicken in meiner Klasse jeden Tag piesacken. Und Sera wäre meine Freundin. Aber nicht so wie jetzt, sondern anders – mehr zum Anfassen und Angeben statt zum Reden. Mir würde nicht einmal auffallen, dass sie eine spezielle Art hat zu reden und ein schnelles Gehirn, das verrückte Erfindungen nachvollziehen kann.

Mir wird schwindelig vom Denken, was wäre, wenn ich nicht so wäre, wie ich bin, und plötzlich finde ich mein Leben, so, wie es gerade ist, ziemlich wunderbar, wunderbarer vielleicht als jemals zuvor.

ch würde sie vielleicht gar nicht benutzen, die Entkörperungsmaschine«, sagt Niko plötzlich, und das überrascht mich echt. Ich mein, wenn *ich* mir schon
wünsch, mal jemand anderes zu sein, dann müsste er es sich
doch erst recht wünschen, oder?

»Wenn du einen anderen Körper hast, dann bist du doch
automatisch ein anderer Mensch. Klar wäre das in meinem
Fall womöglich insgesamt einfacher, aber das, was mir dann
alles fehlen würde, wiegt schwerer.«

Wiegt schwerer, sagt er. Und bei *schwer* schau ich sofort
wieder auf seinen Hintern, der sich so viel breiter in den
Sand drückt als meiner. Dass mir das so auffällt, wenn der
so ein Wort benutzt! Das wär's genau, was ich an seiner
Stelle ändern wollte. Jeder, der ihn sieht, denkt erst mal das
Gleiche, und nicht mal normal reden kann man, ohne ständig an sein Übergewicht zu denken. Dabei kann man's fast
vergessen, dass er dick ist, wenn man ihn ein bisschen ken-
nenlernt. Ich zum Beispiel hab's ja jetzt schon mehrmals
vergessen. Weil ich wahrscheinlich noch nie so lang mit jemandem aus meiner Klasse geredet hab.

»Wenn ich nicht so wäre, wie ich bin, dann wäre ich jetzt
nicht hier«, redet der jetzt weiter. »Und du auch nicht. Dann
gäbe es keinen Notfallabhauplan und keinen Schaukelabsturz. Und wer weiß, was als Nächstes kommt.«

Er schaut mir ins Gesicht, ganz nah. Seine Augen leuchten total grün. Wie eine Flaschenpost. Flaschenpostgrün.

Ich vergess plötzlich die Entkörperungsmaschine und freu mich auch irgendwie, dass ich ich bin. Und dass ich hier bin.

»Als Nächstes?«, sag ich übermütig. »Für dich zum Beispiel der Baum.«

»Der Baum?«

Klar, dass er sich dumm stellt, der weiß genau, was ich meine. Seh ich an seinem Grinsen, da tanzt das Grübchen wieder. Weiter kommen wir aber nicht, weil jetzt klingelt sein Handy. Er fischt es aus seiner Hosentasche und streift dabei mit seinem Unterarm meinen Nacken. Total unabsichtlich. Trotzdem denk ich auf einmal, dass es mir gar nichts ausmachen würde, wenn's mit Absicht gewesen wär.

Niko, alle reden über dich«, sagt Little ohne jede Einleitung.

Ich kann beinahe hören, wie er dabei von einem Bein aufs andere springt. »Morgen, Little«, erwidere ich. Wieso bist du überhaupt schon wach?«

»Wie gesagt, ihr seid Stadtgespräch.«

Ich frage nicht nach. Little hat ein unerschöpfliches Netz an Kontakten in der ganzen Stadt, die ihn wie V-Männer über alles informieren, was ihn interessiert. Und das ist so ziemlich alles. Als ich ihm damals Osman vorgestellt habe, hat er nur gekichert, weil er ihn natürlich längst kannte.

»Wo seid ihr? Wie ist sie? Was macht ihr?«

»Unter einer Schaukel. Überraschend. Was Neues ausprobieren«, beantworte ich seine Fragen der Reihe nach und stehe jetzt doch auf, um einige Schritte Abstand zu Sera zu gewinnen, die mir neugierig beim Telefonieren zusieht.

»Egal, was du da gerade machst, ich rate dir, es ausgiebig zu genießen, denn wenn ihr zurück seid, und zurückkommen werdet ihr ja wohl irgendwann bald, dann gibt es hier eine Extramegaportion Ärger«, kündigt Little an.

Extramegaportion sagt er. Die aufgedrehte Fröhlichkeit in seiner Stimme ist so greifbar, dass sie als zehnfarbiges Luxuskonfetti durch mein Telefon rieseln könnte. Ich gehe noch weiter weg.

»Danke für den Ratschlag«, sage ich. »Ich bin soeben in ihrer Gegenwart mitsamt einer Schaukel abgestürzt«, flüstere ich hinterher, weil ich jetzt doch Lust habe, das, was gerade bei mir passiert, mit jemandem zu teilen.

»Uiuiui.«

Er kichert sein hohes, beknacktes Little-Kichern, das sogar durchs Telefon ansteckend ist, und mir fällt ein, wie ich Little kennengelernt habe. Auf einem Kaffeekränzchen bei Großmama hat seine Großtante ihn auf mich angesetzt. Die beiden sind Schulfreundinnen und wollten mir etwas Gutes tun, als sie mich und Little kombinierten wie ein chemisches Experiment mit unverträglichen Flüssigkeiten: einen unbeweglichen Trauerkloß und einen hyperaktiven Draufgänger. Erstaunlicherweise gab es keine Explosion.

»Und dann habe ich sie auch noch gefragt, ob sie Model werden will«, erzähle ich weiter.

»Wie konntest du nur?«, stöhnt er. »Und was hat sie geantwortet?«

»Sie hat zurückgefragt, ob ich später Diät-Werbung machen will.«

Er kichert wieder. »Nicht schlecht. Sie ist also schlau genug, um dich auf Trab zu halten, solange ich das nicht machen kann.«

»Pfff!«, mache ich nur.

»Viel Spaß noch!«, sagt Little. »Ach, und schöne Grüße von Osman und deiner Oma«, fügt er hinzu. »Beide freuen sich genauso für dich wie ich.«

Kaum zu glauben, aber wir sehen echt keinen einzigen Mensch in dem ganzen Dorf, spazieren hinten raus, wie wir vorne reinspaziert sind, wie in so einem Film, der nach einem Atomkrieg spielt, in dem alle tot sind bis auf zwei Leute. Und die zwei Leute, die nur noch sich gegenseitig haben, das sind wir.

Der erste Mensch, den wir sehen, steht an einer Tankstelle, ein Stück die Straße runter. Ein Mann im Anzug putzt die Scheibe seines Autos, und ich erschreck kurz, weil ich bei Anzug immer sofort an Baba denke, aber wir sind ja ganz woanders. Mein Magen knurrt.

»Hast du auch Hunger?«, frag ich Niko. Er nickt. »Ich klau uns ein Eis«, sage ich.

»Was?«

»Eis ist am einfachsten, das steht immer nahe beim Eingang.«

Ich mach das manchmal mit Melinda. Nicht, weil wir kein Geld haben oder so, eher wegen dem Kick. Nikos Blick sagt mir, dass er das eher doof findet.

»Ist doch ein Notfall«, rechtfertige ich mich. Plötzlich vermiss ich Melinda. Erwartet sie, dass ich auf die fiese SMS antworte? Würd mich wundern, wenn sie nicht neugierig wär, wo ich bin. Aber sicher fände sie das alles ziemlich bescheuert, was ich hier mach.

Der Mann im Anzug glotzt uns an, als wir näher kommen. Ist ja auch bisschen komisch, zwei verstrubbelte Jugendliche mit Wolldecken unterm Arm am Sonntagmorgen an der Tanke. Ich ignorier seinen Blick und schenk ihm ein extrabreites Lächeln. Schaut er natürlich superschnell weg.

»Also, wir gehen rein, ich erzähl dem Typ am Tresen was. Du sagst einfach gar nichts, ja? Cool bleiben, mitmachen. Schwups, haben wir ein Eis.«

Der Typ mit dem Anzug steigt in sein Auto und fährt weg. Ich geb zu, so sicher, wie ich tu, schwups und so, bin ich selber nicht, aber wenn ich mich beruhigen will, muss ich nur an die anderen Male denken. Bin ja selber meistens überrascht, wie gut das immer klappt. Außerdem: Niko würde doch nie mitmachen, wenn er merkt, dass ich mir selber nicht mal sicher bin.

ch sage nichts mehr, schlucke nur und nicke. Irgendwie ist jetzt auch schon alles egal, denn so verrückt das alles ist, was ich hier gerade erlebe, eines haben alle Geschehnisse der letzten zwölf Stunden gemein: Sie waren einzigartig und neu und werden Ärger mit sich bringen. Und daher kann ich jetzt genauso gut mitmachen, wenn Sera Eis klauen will. Das Glitzern in ihren Augen ist wieder da. Und ich, ich würde mittlerweile vermutlich auch mitmachen, wenn sie eine Bank überfallen, einen tibetischen Berg besteigen oder einen Akrobatikworkshop für uns buchen würde.

Wir betreten das Tankstellenhäuschen also gemeinsam, und die Eistruhe steht wirklich gleich am Eingang rechts, neben einem Turm aus aufeinandergestapelten Dosen mit Neonbildern von schnittigen Motorradfahrern. Der Mann hinterm Tresen (der eigentlich eher ein Junge ist) starrt erst Sera an, dann mich und dann wieder Sera, und ich kann mir denken, was ihm durch den Kopf geht, nämlich, dass wir ein merkwürdiges Paar abgeben – ein anmutiges Nofretete-Mädchen und ein fetter, bleicher Junge. Sera setzt ein strahlendes Lächeln auf, das sie mit einer kleinen Stirnfalte kombiniert. Sie bleibt einen halben Schritt genau neben der Eistruhe stehen und fängt den Blick des Jungen mit ihren Augen ein, was nicht besonders schwierig ist.

»Ich weiß ja nicht, ob das normal ist …«, sagt sie gedehnt, wechselt vor dem Weitersprechen das Gewicht auf den anderen Fuß und legt den Kopf schräg, sodass ihr zwei einzelne pechschwarze Haarsträhnen weich federnd ins Gesicht fallen.

Ich starre sie von der Seite an, weil sie so anders spricht, als hätte sie ihren inneren Sprachkomprimierungsautomaten vorübergehend außer Kraft gesetzt. Dann fällt mir ein, dass ich möglichst unauffällig wirken sollte, also drehe ich meinen Kopf wieder dem Jungen hinterm Tresen zu. Er ist angesichts von Seras geballter Anmut bereits in Trance gefallen. Dreißig zu null, dass er ohne das geringste Zögern in ihre Falle tappen wird.

»… aber wir haben das gerade zufällig beim Vorbeilaufen gesehen.« Sera unterbricht sich wieder, schaut ihm aber weiter tief in die Augen, wobei sie das Lächeln jetzt langsam zurückschraubt und die Stirnfalte vertieft. Ich frage mich, ob sie das alles vor dem Spiegel geübt hat. »Vorne rechts die Tanksäule, da läuft was aus, glaube ich.«

Ich nicke mit ernstem Gesicht zu Seras Worten, was aber unnötig ist, denn der Junge nimmt nichts mehr wahr außer Seras Augenaufschlag.

»Da sollte vielleicht jemand mal nachsehen«, fügt Sera überflüssigerweise hinzu.

Es ist offensichtlich, dass der Junge alleine hier ist und dass er auf keinen Fall etwas falsch machen will. Eigentlich tut er mir leid, denn natürlich wird er sich später eingestehen müssen, dass er auf den dümmsten Trick der Welt hereingefallen ist.

Endlich reißt der Junge den Blick von Seras Gesicht los und sagt knapp im Vorbeigehen: »Ihr bleibt genau hier stehen, klar?« Wir nicken einträchtig.

Als er gerade über die Türschwelle getreten ist und uns den Rücken zukehrt, reißt Sera die Eistruhe neben uns auf, greift den nächstbesten Karton und stopft ihn unter ihre Wolldecke. »Sprint!«, zischt sie mir zu, und erst da wache ich aus der Zeitlupenverträumtheit auf, die mich genauso wie den Tankstellenjungen erfasst hat, und stoße mit einem Rückwärtsschritt an den Dosenturm, sodass die schnittigen Motorradfahrer in alle Richtungen rollen.

Wir springen über die Türschwelle hinaus, an dem Jungen vorbei, der zurück zum Laden hetzt, noch nichts kapiert und mit entsetztem Blick Sera hinterherschaut, die leichtfüßig davonrennt wie ein Gepard, der seine Beute in Sicherheit bringt. Little könnte jetzt problemlos mit ihrer Geschwindigkeit mithalten. Ich hingegen taumle keuchend hinter ihr her, und weil ich nun einmal ich bin, verwende ich einen Großteil meiner Energie auch noch darauf, dem Jungen über die Schulter zuzurufen: »War nur Spaß, nichts für ungut!«, während in meinem Inneren im Rhythmus meines unregelmäßigen Laufschritts die Frage herumgeschüttelt wird, ob Sera ernsthaft vergessen haben kann, dass der Sprint nicht gerade meine Disziplin ist.

Sie schaut sich nicht mal nach mir um, sondern rennt und rennt. Und ich hinterher, tausend Kilometer circa, bis sie, für mich fast außer Sichtweite, hinter einer Schlehenhecke in Deckung geht. Als ich schwer atmend bei ihr ankomme, hat sie schon ihre Wolldecke ausgebreitet und die geraubten Schätze darauf verteilt.

»Mini Milk«, kommentiert sie das Diebesgut, während ich mich auf den Rücken fallen lasse. Seit ich mit Sera unterwegs bin, liege ich viermal so oft rücklings auf dem Boden wie zuvor.

»Zweiundzwanzig Stück. Und fast nur Vanille.« An ihrem linken Schienbein tropft Blut aus einem feinen Kratzer. »Scheißbrombeergestrüpp«, kommentiert sie und reicht mir ein Mini Milk. Sie scheint ihre Sera-Sprache wiedergefunden zu haben.

Ich esse drei Mini Milk und Sera vier. Während ich Eis schlecke, versuche ich, wieder zu Atem zu kommen.

»Wie früher, oder?«, sagt Sera und schließt genüsslich die Augen, während sie ihr viertes Eis verspeist. »Mag immer noch Erdbeer lieber.«

Ich atme und suche den Himmel nach Kondensstreifen ab. Es ist kein einziger zu sehen.

»Baba hat immer den ganzen Karton ausgeräumt für mich, bis er endlich ein Erdbeer gefunden hat. Die Leute im Laden haben immer schon blöd geglotzt, aber der hat sich nicht aus der Ruhe bringen lassen.«

Sie kichert ihr gluckerndes Nixenkichern. Ich begreife instinktiv, dass sie von ihrem Vater spricht, weiß aber nicht so recht, wie ich ihn mir vorstellen soll. Vorher am Telefon konnte ich ihn schreien hören, obwohl ich einige Schritte von Sera entfernt stand, aber einer, dem es nicht peinlich ist, minutenlang für seine kleine Tochter das richtige Eis auszugraben, kann nicht gerade ein Tyrann sein.

»Und bei dir?«, fragt sie

»Vanille. Ich mag Vanille lieber«, antworte ich.

»Nein, früher, mein ich. Wer hat dir das Eis gekauft?«

Ich schweige. Auch mein Vater, könnte ich sagen, und er hat für sich immer zwei Magnum mitgenommen, einmal Mandel und einmal weiß, und dann haben wir gewettet, wer zuerst fertig ist, er mit seinen zwei Eis oder ich mit meinem einen, und er hat immer gewonnen.

Oder meine Mutter, könnte ich sagen, die hat sich selbst keins gekauft, weil sie nichts Süßes mochte außer Lakritz, jedenfalls damals, als wir alle noch zusammen waren und alles gut war und ich nicht wusste, dass es einmal nicht mehr gut sein würde, und bevor ich mir selber geschworen habe, dass ich sogar die Haarfarben meiner Eltern so lange verdrängen würde, bis ich mich nicht mehr an sie erinnern kann.

Für meine Eltern habe ich das Erinnerungslöschblatt erfunden. Man legt es über alle Erinnerungen, die schmerzen, und binnen Sekunden sind sie für immer ausgelöscht.

»Früher? Weiß ich gar nicht mehr«, sage ich nur.

»Komm schon!«

Sera balanciert eines der restlichen Mini Milks auf ihrem Knie, bis es runterfällt. Dann beginnt sie plötzlich, mehrere davon auf meinem Bauch zu stapeln. Unwillkürlich halte ich den Atem an. Noch nie ist mir jemand beinahe Fremdes so nah gekommen. Als mir die Luft ausgeht, versuche ich, ganz flach zu atmen. Vielleicht will sie mich gerade provozieren, denke ich. Sie ist mutig. Und impulsiv. Vielleicht denkt sie aber auch einfach gar nicht darüber nach, was das bedeutet, wenn man einem dicken Jungen Sachen auf seinen Bauch legt. Auf diesen Bauch, den alle immer anstarren, den aber keiner jemals berühren würde.

»Also, wer hat dir das Eis gekauft, Mama oder Papa?«

Für einen Augenblick sehe ich meine Mutter vor mir, in einer verschwommenen Erinnerungsversion, wie sie konzentriert eine Lakritzschnecke auseinanderrollt und abwechselnd mit mir davon abbeißt. Sie liebte Lakritz viel mehr als ich, aber das war ein Ritual, dieses abwechselnde Abbeißen, und deshalb fand ich den komisch salzig-süßen Geschmack aufregend.

»Meine Eltern gibt's nicht mehr«, sage ich. Thema beendet. Ich schaue stur weiter in den Himmel hoch, aber natürlich spüre ich den Schock, der wie ein Wirbelsturm in ihr Gehirn fährt und ihre Finger zittrig macht. Der Turm aus Mini Milks stürzt ein, seine Einzelteile rollen von meinem Bauch herunter wie eine Lawine von einem Alpenvorgebirge und versammeln sich als kleine Endmoränenlandschaft um meinen Körper herum auf der Decke.

»Und was steht als Nächstes auf dem Programm?«, frage ich schnell, um die Stille zu durchbrechen und weiteren Fragen vorzubeugen. Ich achte darauf, dass meine Stimme nicht das geringste bisschen vibriert. »Dem natürlichen Steigerungsgesetz unseres Abenteuers folgend, müsstest du mich jetzt mindestens zwingen, auf einen fahrenden Zug aufzuspringen.« Ich setze mich auf und lande mit dem Ellenbogen in einem halb geschmolzenen Vanilleeis.

Sera findet nur langsam in ihre fröhliche Nach-dem-geglückten-Raubüberfall-Stimmung zurück. »Willst du noch eins?« Sie hält mir noch ein Mini Milk entgegen.

»Nein, danke.«

»Bist du eigentlich absolut immer höflich?«

»Ja.«

»Respekt!«

»Bist du eigentlich immer so durchtrieben wie bei dem Eisverkäufer vorhin?«

»Nee.« Sie sammelt die Mini Milks wieder in die Schachtel. »Nur auf Notfallabhauplan-Abenteuern.« Bei dem langen Wort muss sie grinsen.

Ich falte unsere Decken zusammen. Am Rand von Seras Decke krabbelt ein erstaunlich langer giftgrüner Wurm, den ich vorsichtig ins Gras schüttle. Ich sehe, wie er sich erst kräuselt und anschließend wieder in Position bringt, wie er dann langsam und regelmäßig von mir weg kriecht und dabei jedes einzelne seiner vielen Glieder in Schwingung versetzt.

Ich frage mich, ob der Wurm eigentlich ein Gefühl für jedes dieser Glieder hat, bis in den letzten unbrauchbaren Rest seines Körpers. Manchmal habe ich genau dieses Gefühl: dass da viel zu viel ist an meinem Körper, mehr noch, dass alles, was zu viel ist, eigentlich gar nicht zu mir gehört. Was dagegenspricht, ist, dass ich jetzt sehr genau spüre, wie Sera meine Schulter berührt, als sie sich an mir festhält, um einen Stein aus ihrem Schuh zu holen. Es ist nur eine beiläufige Berührung, aber jedes der winzig feinen Härchen, die auch dort, auf meiner Schulter, sein müssen, stellt sich auf und möchte sie festhalten.

Ich find das erst mal eine bescheuerte Idee – wer bitte nimmt zwei verstrubbelte Jugendliche mit, die mit eingerollten Wolldecken unterm Arm in der Landschaft stehen? Hat wahrscheinlich jeder zweite Autofahrer Angst, dass wir ihm gleich Deo in die Augen sprühen und seinen Geldbeutel klauen. Aber ich bin echt überrascht: Gleich das dritte Auto hält an. So ein rotes kleines stinknormales Auto ist das. Auf der rechten Seite kurbelt jemand die Scheibe runter, und ein Mann schaut raus. Mittelalt, Gott sei Dank ohne Anzug. Er lächelt.

Ich geh hin, als wär das ausgemacht, dass ich das Reden übernehm. Dabei war das nicht mal meine Idee mit dem Trampen. Alleine würd ich nie – ausnahmsweise ein Verbot von meiner Mutter. Aber mit Niko, da wird mir ja wohl nichts passieren. Außerdem sitzt neben dem Mann eine Frau. Am Steuer.

»Wohin?«

»Was?«

»Na, wohin wollt ihr denn?«, fragt der Mann.

Klar, wir haben ja kein Schild, auf dem steht, wo wir hinwollen.

»Wenn Sie uns ein Stück Richtung Ulm mitnehmen würden, wären wir Ihnen sehr verbunden«, sagt Niko, der sich neben mich gestellt hat. Tausendmal höflicher als ich natürlich.

Das Lächeln des Mannes wird breiter. Er hat ein schönes

Lächeln, irgendwie überdimensional symmetrisch, mit ganz vielen Falten, aber nur um die Augen rum. »Springt rein.«

Erst als ich hinten im Auto sitz, schau ich mir die Frau genauer an, die bisher noch nichts gesagt hat. Die Frau ist ziemlich groß und echt dünn und hat fusselige blonde Haare. Mehr kann ich erst mal nicht sehen. Aber dann, dann dreht sie sich um. Und ich kann es nicht anders sagen, ich erschreck total. Weil irgendwas stimmt nicht mit dem Gesicht. Die Nase und der Mund sind komisch verschoben. Sieht aus, als hätt jemand ein Gesicht aus Knete gemacht und wär dann in der Mitte irgendwie mit den Fingern ausgerutscht.

»Na, macht ihr einen Sonntagsausflug?«, fragt die Frau. Ich schluck so laut, dass man es sicher hört bis nach Afrika. Ich wünsch mir, ich könnt das wieder zurücksaugen in den Mund, dieses Schlucken. Ich bin so was von froh, als Niko jetzt sagt: »Wir haben die Strecke ein bisschen unterschätzt.«

»Ach so«, sagt die Frau und lacht. Dabei verschiebt sich die Mitte ihres Gesichts noch komischer. Ich bewunder Niko, der zuckt nicht mal ansatzweise mit seinen langen Wimpern. Die Frau dreht sich wieder nach vorne. Dann gibt sie Gas und fährt los.

Ich kann nicht anders, ich starr ihr Gesicht im Rückspiegel weiter an. Von dem verschobenen Teil sieht man darin kaum was. Dafür seh ich, dass sie ganz türkisblaue Augen hat.

»Und Sie?«, fragt Niko. »Machen Sie auch einen Ausflug?«

Nikos tiefe Stimme beruhigt meinen Herzschlag, der mit

dem lauten Schlucken zusammen irgendwie angefangen hat, komisch zu rasen. Mir fällt ein, dass das jetzt das erste Mal ist, dass wir mit jemand anderem reden und nicht nur miteinander, seit wir unterwegs sind. Der Typ von der Tankstelle zählt nicht.

»Wir waren am Bodensee«, sagt der Mann jetzt. Er dreht sich zu uns um. Lächelt immer noch oder schon wieder. »Sind früh aufgewacht und hatten irgendwie Lust auf Schwimmen.«

Das Lächeln ist so total symmetrisch, das ist ja schon fast unheimlich, jetzt, wo ich die Frau lächeln gesehen hab. Er hat ein gebräuntes Gesicht, mittelbraune grade Augenbrauen, helle Augen.

»Das Wasser war dermaßen kalt!«, sagt die Frau jetzt und kichert ein bisschen. Ihre Stimme ist ganz hell und klar.

»Aber Uta muss immer rein, egal wie kalt!«, sagt der Mann jetzt. Seine Hand schiebt sich rüber auf ihren Schoß, und sie legt ihre Hand drauf.

Ich seh, wie der Mann rüberschaut zu ihr. Ganz lang guckt er ihr Gesicht von der Seite an. Als wär nichts Besonderes an ihrem Gesicht. Oder doch, schon so, als wär es besonders, aber anders, nicht so, wie ich es besonders find. Dann streicht er ihr über die Wange und sie schaut zu ihm rüber. Die zwei schauen sich an, als wüssten sie irgendein Geheimnis. Und da schau ich schnell weg und zu Niko rüber. Niko guckt aus dem Fenster, und deshalb weiß ich auch, dass der das nicht gesehen hat, was ich gesehen hab.

Wenn man nach einem längeren Ausflug oder einer Reise nach Hause kommt, dann ist da immer ein diffuses Gefühl, das mit dem vertrauten Ort zu tun hat. Egal, wo man war, man freut sich auf irgendetwas, was da auf einen wartet, und gleichzeitig hat man Angst vor dem, was sich nie verändert, solange man weg ist, egal, ob man sich selbst inzwischen verändert hat. Genau das bedeutet nach Hause kommen nämlich, dieses Wieder-Hineinschlüpfen in die Dinge.

Heute ist es trotzdem anders als sonst. Die Frau mit dem merkwürdigen Gesicht hat uns ein paar Kilometer vor der Stadt rausgelassen. Irgendetwas von dem seltsamen Schimmer dieser beiden ist an uns kleben geblieben. Sera hat noch kein Wort gesagt, seit wir ausgestiegen sind, aber ich weiß, dass sie es auch bemerkt hat.

Dass ich mich jetzt so anders fühle als sonst beim Nachhausekommen, liegt aber vor allem an dem, was in den letzten sechsunddreißig Stunden alles passiert ist. Und an Sera, die neben mir geht. Am meisten an Sera.

Die Sonne steht schon ziemlich tief, als ich die ersten Häuser sehe, die mir bekannt vorkommen. Der Weg führt durch ein winziges Waldstück. Plötzlich bleibt Sera stehen, so abrupt, dass ich mit meiner Schulter an ihrer anstoße.

»Der See«, flüstert sie, als würde sie ein Geheimnis verraten, und zieht mich plötzlich am Ärmel hinter sich her, und tatsächlich liegt da versteckt ein kleiner Weiher, kaum größer als eine Picknickdecke. Er ist von einem undurchdringlichen, fast unheimlichen Schwarz, das die Abendsonnenstrahlen, die von oben durch die Bäume fallen, komplett verschluckt wie ein gefräßiges Maul. Der ganze Ort sieht aus wie aus der Märchenwelt importiert, in der ich als Beschützer der Prinzessin bis ans Ende der Welt gehen würde.

»Ein Moorsee«, sage ich überrascht.

»Einer meiner Lieblingsplätze.« Sie sagt es so leise, dass ich begreife: Sie verrät mir wirklich ein Geheimnis.

»Badest du auch darin?« Ich sage es mit einem ironischen Unterton, aber ich will es wirklich wissen. Ich stelle mir vor, wie Seras schwarze Haare sich im schwarzen Wasser ausbreiten, moorschwarz auf moorschwarz.

»Nein!«

»Noch nie?«

»Nein! Ich würd nie drin baden!«

»Das ist dann wohl deine Aufgabe«, sage ich, einer plötzlichen Eingebung folgend. »Dein Äquivalent zu meinem Baum.«

»Was?«

»Mal was Neues ausprobieren, du erinnerst dich? Ich kletter auf einen Baum und du badest im See.«

»Aber nur, wenn du mitmachst.«

»Das ist ungerecht.«

»Trotzdem.«

»Okay. Von mir aus. Aber nicht heute.« Sie hat recht, vielleicht war das wirklich schon genug Neues für heute.

»Nein, irgendwann später«, sage ich also. Und während sie ins märchenschwarze Wasser starrt, tue ich so, als würde ich ihr das glauben, als hätte sie mir gerade ein gültiges Versprechen gegeben, das uns verbindet, für die Zukunft.

Als wir eine Minute später aus dem Wäldchen heraustreten, sehen wir unsere Schule. Das graue, klotzige Gebäude, das selbst im orangeweichen Abendlicht aussieht wie ein dystopischer Gefängnisbau, macht mir mit einem Schlag klar, dass jetzt wirklich unser gemeinsamer Weg endet, Seras und mein Weg. Denn ich wäre natürlich ein restlos hoffnungsloser Träumer, wenn ich mir irgendetwas anderes wünschen oder vorstellen würde. Am vernünftigsten wäre es, ich würde die gemeinsame Zeit direkt mit dem Erinnerungslöschblatt auslöschen. Aber irgendwie habe ich in den letzten vierundzwanzig Stunden das Vernünftigsein verlernt.

ier wohne ich.« Niko ist stehen geblieben. Zeigt auf ein Mehrfamilienhaus mit abblätterndem Putz und großen Fenstern.

»Welcher Stock?«, sag ich und schau hoch. Als wär das irgendwie wichtig.

»Dritter.«

»Na dann«, sag ich.

»Na dann«, sagt er.

Wir bleiben beide stehen, zwei Wachsfiguren im Abendlicht, jeder seinen Schatten neben sich wie einen Bodyguard. So verzerrt und lang gezogen, wie die jetzt am Abend sind, könnte man fast nicht sagen, welcher Schatten zu wem gehört.

»Ich begleite dich noch nach Hause!«

Das fehlt mir noch, wird schon so schlimm genug. »Nee, danke.«

»Doch, ich bestehe darauf.«

Das ist jetzt wieder diese Ritter-Masche, die kann der einfach nicht ablegen. Dabei bin ich das erste Mädchen, mit dem er überhaupt zu tun hat. Vielleicht auch grade deshalb. Na, von mir aus, wird schon sehen, was er davon hat.

Ich geh voraus und sag nichts mehr. Merk nur mit jedem Schritt, dass ich noch nicht heim will. Weil da die Probleme losgehen, ist ja klar, ich kann die schon jetzt auf meiner Zunge schmecken, die Probleme: als hätt ich grad ein Kilo

Brennnesseln gegessen. Aber was anderes ist auch noch dabei. Wär schön, wenn das noch bisschen länger gehen könnte, unser Notfallabhau-Abenteuer. Gleich ist das so was von vorbei. Kommt mir vor wie eine Woche oder so, dabei waren es nicht mal zwei Tage. Ich schiel zu Niko rüber. Der schlurft neben mir her. Schaut auf seine Schuhe runter, die langen Wimpern wie ein Zaun vor den Augen. Als wär der jetzt wieder reingeschlüpft in seine normale Rolle: das Walross. Willkommen im Alltag. Morgen ist Schule, scheiße.

Baba schießt aus der Tür, als wir nur in die Nähe von unserem Haus kommen. Der steht ja wohl nicht seit gestern Abend da am Fenster, oder? Das wird jetzt richtig beschissen. Baba regt sich echt nicht oft auf, aber wenn doch, dann so, dass die Erde um ihn rum dampft. Letztes Mal war, als mein Knie genäht werden musste, weil ich freihändig Fahrrad gefahren bin. Ist aber echt lang her. Jetzt reißt er schon den Mund auf, und gleich kommt da ein Megagebrüll raus. Antworten ist da erst mal gar nicht. Wenn seine Augen Feuer spucken könnten, wär ich längst verbrannt.

Auf Niko achtet Baba so was von gar nicht, der könnte jetzt auch ein Kaugummipapier sein, das ich grad fallen gelassen hab oder so. Aber Niko fährt jetzt plötzlich die Hand aus und drückt dabei den Rücken raus, als wär er beim Militär. Kann doch nicht sein, dass der jetzt Baba die Hand geben will! Ist aber so. Das mit dem Handhinstrecken hält der durch, bis Baba sie echt nimmt. Baba vergisst den geplanten Wortschwall, löst seinen Feuerblick von mir und glotzt jetzt Niko an wie ein Marsmännchen.

»Niko Baumann«, sagt Niko mit seiner tiefen, klaren Stimme, als wär das alles hier so normal wie irgendwas, und drückt Babas Hand. Er wartet auch gar nicht, bis Baba mal was sagen kann. »Ihre Tochter hat sich entschlossen, mir einen Tanz zu gewähren«, quatscht er weiter, »und daraufhin wurde es notwendig, dass wir uns vom Klassenausflug entfernen.«

Oh Mann, muss das sein, dass der jetzt noch schräger redet als sonst! Ich will grad die Augen verdrehen und ihm ein Zeichen geben, dass er einfach verschwinden soll. Da seh ich, wie Baba ihn anstarrt. Da sitzt jetzt plötzlich dieses kleine Lachen in Babas Augenwinkeln, das kenn ich von so Situationen, wenn er streng sein will und dann schafft er's aber nicht. Kann nur an Nikos Stimme liegen.

Und da wurde es notwendig, sich weiter zu entfernen als zunächst gedacht?«, fragt der große, stattliche Mann, der mir gegenübersteht. Er trägt einen schwarzen Anzug und eine goldene Krawatte, hat Seras glänzendes schwarzes Haar und wirkt insgesamt sehr elegant. Vor allem aber sieht man ihm an, dass er sich in den letzten sechsunddreißig Stunden die Seele aus dem Leib gesorgt hat. Man kann sehen, dass er seine Tochter vergöttert und sie dennoch in wenigen Augenblicken verbal in der Luft zerreißen wird wie ein Tiger ein Stück Fleisch – jedenfalls, wenn ich nicht in Windeseile weitermache mit dem, womit ich völlig unüberlegt angefangen habe, als hätte ich wieder einen Schluck Supernikobrause genommen. Denn soeben haben seine schwarzen Augen innerhalb einer Sekunde ihre glühende Wut gegen ein ähnliches Glitzern eingetauscht, wie ich es von Sera inzwischen kenne, der Anflug eines Lachens, das nur noch nicht den Weg nach draußen gefunden hat.

Ich komme mir trotzdem ein bisschen vor, als würde ich ihm in einem Duell gegenüberstehen, und ich weiß natürlich verdammt gut, dass ich hier eine erbärmliche Figur mache: ein blasser Junge mit zu viel Bauch und Doppelkinn in einer ausgebeulten und schmutzigen Jeans, der versucht zu retten, was zu retten ist.

Sieht erst mal nicht so aus, als wollte Baba kleines Holz aus Niko machen. Hinter Baba taucht jetzt Farids Gesicht im Türrahmen auf. Superschadenfrohes Grinsen. Auch das noch.

»Ja«, antwortet Niko. »Ich übernehme die volle Verantwortung. Aber Sie sehen ja selbst, dass ich sie Ihnen wohlbehalten zurückgebracht habe.« Niko steht immer noch stramm, als hätte er einen Stock verschluckt.

Da fällt Baba nichts mehr ein. Nickt er also nur. Dann nimmt er mich an der Hand wie ein Kindergartenkind und schiebt mich rein ins Haus. An der Türschwelle spür ich, wie er mir über den Kopf streichelt. »Anständiger Junge«, murmelt er dabei, als würd er aus einem Traum aufwachen.

Ich kann grad noch über die Schulter schielen, und da seh ich Niko, wie er eine Hand hebt und leise lächelt. Der steht jetzt endlich nicht mehr so da wie ein Soldat. Hat bisschen in der Hüfte locker gelassen und da fällt's noch mal doppelt auf: Die Knie von seiner Hose sind superverdreckt. Abenteuermäßig verdreckt.

Niko sagt nicht »Bis bald« oder »Bis morgen« oder sonst irgendwas. Dreht sich nur um und schlendert weg. Das Letzte, was ich seh, ist der ausgebeulte Hintern von seiner Jeans, dann knallt die Tür zu.

Beim Aufschließen irritiert mich sekundenbruchteillang, dass die Wohnungstür klemmt. Als hätte ich in den drei Tagen, in denen ich weg war, den Trick verlernt, wie man den Schlüssel etwas dreht, um dann die Tür leicht anzuheben und beim Nachdrehen aufzustoßen, wie ich es seit Jahren mehrmals täglich tue. Der leicht staubige Geruch von Großmamas falschen Rosen ist dafür total vertraut.

»Da bist du ja bereits«, sagt Oma, als sie mir im Flur entgegenkommt, in der Hand die Kaffeetasse. Sie schlurft dabei wie immer, weil sie zu faul ist, ihre Füße vom Boden zu heben, und zeigt mir ihr breites Lächeln, das sie zwischen den vierhundert Falten ihres Gesichts balanciert. Weil sie ihre Brille nicht aufhat, sieht ihr Gesicht irgendwie weicher aus. Ich lächle zurück. Ein Gefühl rieselt von oben nach unten durch meinen Körper, als würden sich in meinem Inneren viele kleine Sonnenflecken zu einem großen verbinden.

»Ja, da bin ich bereits«, sage ich einfach.

Oma legt mir einen Arm auf die Schulter, und mir fällt auf, dass ich inzwischen größer bin als sie, wenn auch nur wenige Zentimeter. Sie nimmt die Brille aus der Tasche ihrer Strickjacke, setzt sie auf und schaut mich halb durch die Brille und halb über den Rand hinweg weiter an, sagt nichts, schaut nur und liest mein Gesicht. Am Schluss wird ihr Lächeln noch breiter und sie umarmt mich.

»Wie schön, dass du wieder da bist.«

»Da seid ihr ja«, begrüßt uns Frau Mast. Ihre Stimme klingt wie ein frisch gespitzter Bleistift. »Kommt rein.«

Sie öffnet die Tür zu dem winzigen stickigen Raum, der für bestimmte Gespräche reserviert ist, die man nicht gerne führt.

Ich war erst ein mal hier, mit Großmama, das war einen Tag bevor ich in die neue Klasse kam. Alle meine zukünftigen Lehrer hatten sich damals hier in diese Besenkammer hineingequetscht, um das Elend meiner familiären Verhältnisse mit ernsten Mienen in sich aufzusaugen und den Raum mit kollektiven Mitleidsseufzern zu füllen. Großmama musste kurz entschlossen ihren triefnassen gelben Regenschirm ausschütteln und damit alle Lehrer nass spritzen, um das allgemeine Starren zu unterbrechen.

Diesmal habe ich noch ungewöhnlichere Begleitung. Logisch, dass wir um dieses Gespräch nicht herumkommen, überrascht hat mich nur, dass Frau Mast uns noch vor der ersten Stunde sehen will – außerdem ohne Eltern. Wahrscheinlich will sie diese unangenehme Geschichte auch so schnell wie möglich hinter sich bringen.

Sera schlendert neben mir in den Raum und kaut demonstrativ mit offenem Mund Kaugummi, bis Frau Mast ihr mit hochgezogenen Augenbrauen so vielsagend auf den Mund starrt, dass sie den Kaugummi in ein Stück Taschentuch einwickelt und in der Mülltonne entsorgt. Das Zimmer riecht nach nass gewordenen Kleidern und jahrzehntealten Papierstapeln.

Frau Mast deutet auf zwei Stühle ihr gegenüber und ich lasse mich in einen davon sinken. Sera nimmt in Zeitlupe neben mir Platz und stellt dabei ihre Tasche hochkant auf ihren Schoß wie einen Schutzschild. Sie hat mich in den zwei Minuten, die wir vor der Tür auf Frau Mast gewartet haben, noch kein einziges

Mal angesehen, und mittlerweile glaube ich nicht mehr, dass es daran liegt, dass sie womöglich schlecht geschlafen hat. Wir sind im Alltag angekommen, Prinzessin und Beschützer haben sich zurückverwandelt in die Schöne und das Biest, und der Plot sieht nicht vor, dass die Schöne das Biest ernsthaft in ihr Leben integriert. Für Biester gibt es keine Überraschungen.

»Ich mache es kurz«, fängt Frau Mast an. Ich nicke vor mich hin, Sera schaut an ihr vorbei, als sei sie taubstumm. Für einige Sekunden ist es sehr, sehr still. Ich bemerke, dass Frau Masts dunkelblonde Haare am Ansatz etwas fettig sind.

»Niko? Sera?«, fragt Frau Mast irritiert, und schließlich wendet ihr Sera den Blick zu. Ich nicke einfach weiter. »Dass ihr euch am Samstagabend einfach davongemacht habt, das war absolut unverantwortlich! Ich hoffe, ihr wisst das«, stößt Frau Mast hervor.

Es ist nicht zu überhören, dass sie ihre Wut nur mit Mühe kontrolliert. Überrascht merke ich, dass ich überhaupt keine Angst vor einer Strafe habe, vielmehr fällt mir auf, dass ich Frau Mast wirklich überhaupt nicht leiden kann. Es ist kein gutes Gefühl, aber auch kein schlechtes – es ist ein neutrales Gefühl, falls es so etwas gibt.

»War meine Idee«, sage ich leise.

»Was?« Frau Masts Augen taxieren mich, klirrend eisbonbonblau. Endlich spüre ich auch Seras Blick auf mir.

»Ich wollte einfach mal was anderes erleben als Mobbing im Schwimmbad und demütigende Rettungsaktionen im Klettergarten«, sage ich jetzt laut und deutlich und denke an die Schaukel und die Schafe, an den Kondensstreifen-Einsammler und den Tankstellenüberfall. In diesem Augenblick fühle ich mich Frau Mast auf wunderbare Weise überlegen. Sera sitzt völlig bewegungslos neben mir, aber ihr Blick bleibt auf meiner rechten Gesichtshälfte liegen wie der runde Lichtkreis einer Taschenlampe. Frau Mast atmet schnaubend aus.

»Total nachvollziehbar, oder?«, sagt plötzlich Sera zu meiner Rechten. »Aber Niko lügt.«

Es ist das allererste Mal, dass sie meinen Namen sagt. Ich schaue sie an. Ihre Haare sind noch nass, wahrscheinlich vom Duschen, und schmiegen sich tiefschwarznass um ihren Hals. Tiefmoorschwarz wie der See, ihr geheimer Lieblingsplatz. Von dem nur ich weiß. Ob wir jemals wieder zusammen hingehen werden?

»War nämlich meine Idee.« Sera schaut jetzt wieder Frau Mast an.

»Es ist mir ehrlich gesagt völlig egal, wessen Idee das war«, sagt Frau Mast. »Alle haben sich Sorgen gemacht und nebenbei habt ihr gegen mehrere Regeln verstoßen.«

Ich nicke wieder, aber jetzt nickt Sera auch, und aus den Augenwinkeln nehme ich die Gleichzeitigkeit unserer Bewegung wahr: Als wollten wir uns jetzt auch noch über unsere Lehrerin lustig machen.

»Die Konsequenzen werde ich mit dem Schulleiter besprechen«, sagt Frau Mast kühl. Dann schnellt sie von ihrem Stuhl hoch, öffnet schwungvoll die Tür und schickt uns wortlos mit einer raschen Kopfbewegung raus. Ihre Absätze klackern rhythmisch auf dem Steinboden.

Sera und ich setzen uns gleichzeitig in Bewegung, und ich schiele zu ihr hinüber, während sie wie in Trance den nächsten Kaugummi aus ihrer Jackentasche zieht und auswickelt. Kurz bevor wir an unserem Klassenzimmer ankommen, bleibt Sera stehen.

»Muss noch aufs Klo«, nuschelt sie, ohne mich anzusehen.

Neben der Klassenzimmertür steht Lenni, als würde er auf irgendetwas warten. Er sieht irgendwie unglücklich aus, als er mir zunickt und »Morgen« murmelt, und ich habe ein ungutes Gefühl.

»Ach du dickes Ei!« Markos Stimme begrüßt mich in dem Augenblick, in dem ich den ersten Schritt ins Klassenzimmer mache, im Hintergrund Gelächter, kichernd, meckernd, schwerfällig, leise, laut.

Ich könnte ein Lexikon aller tausend Varianten von Lachen verfassen. Und im Anschluss einen Lachdecodierer erfinden, der jedes Lachen auf Tonband aufnehmen und dann in seine akustischen Einzelteile zerlegen würde. Die wiederum würde er dann bestimmten Charaktereigenschaften zuordnen: atemlos = schüchtern, dröhnend = selbstbewusst, meckernd = zu Schadenfreude neigend, so in der Art. Innerhalb einer Sekunde könnte man sein Gegenüber einschätzen, ohne überhaupt mit ihm zu sprechen – vorausgesetzt, der andere lacht.

Ich gucke Marko nicht an, gucke keinen an, sondern halte stur den Kurs wie ein riesiger Ozeandampfer.

»Wer hätte das gedacht, der Niko hat es faustdick hinter den Ohren!«, höre ich jetzt Melindas quäkende Stimme. Dann mehrere andere im Chor: »Das dicke Ende kommt zuletzt.«

»Zuerst«, korrigiert jemand anders, »das dicke Ende ist schon da, das dünne fehlt noch.« Gekicher, Gemecker, Gelächter.

Ich schlurfe weiter vorwärts zu meinem Platz. Quer über meinem Tisch steht in schwarzen Eddingstift-Buchstaben: DER

DÜMMSTE BAUER HAT DIE DICKSTEN KARTOFFELN, daneben ein Smiley mit dicken Backen. Meine Mitschüler haben die Sprichwörter für sich entdeckt. Marko kann die Idee nicht gehabt haben, dafür ist sein Wortschatz zu klein. Aber sicher ist seine Eifersucht der Triebmotor für diesen neuen Höhepunkt in meiner Karriere als Mobbingopfer.

Die restlichen Sprüche heben sich meine Klassenkameraden anscheinend auf, bis Sera hereinkommt. »Hast du dein dickes Fell dabei?«, schreit ihr jemand entgegen. »Sitzt doch schon da drüben!«, fügt eine andere Stimme hinzu.

Einen Augenblick zuckt sie zurück. Zum ersten Mal seit langem schwappt die Wut in mir hoch. Ich möchte Sera verteidigen gegen diesen miesen Angriff all derer, die vor drei Tagen noch ihre Freunde waren. Aber Sera braucht meine Hilfe nicht. Plötzlich schaut sie gerade und stolz in die Klasse und jedem Einzelnen, der lacht, ins Gesicht, bis er wegsieht. Der Einzige, der nicht wegsieht, ist Marko. Sein Blick begleitet Sera bis zu ihrem Platz.

Ich setz mich auf meinen Platz. Neben Melinda. Stell erst mal in Zeitlupe meine Tasche neben meinen Tisch und zupf dran rum, dekorier sie quasi wie einen Blumenstrauß, aber ewig kann ich das auch nicht machen. Ich spür Melindas Blick, der sitzt mir auf dem Hinterkopf wie eine hungrige Krähe. Ich richte mich auf und schau einfach zurück. Sag nichts, glotz ihr nur ins Gesicht. Ganz kurz fällt mir die Frau im Auto ein. Ihr Gesicht und mein Geglotze. Ich schäm mich noch mehr dafür, nachträglich.

»Was?!« Melinda kaut Kaugummi, extra langsam. Sieht so bescheuert aus, dass ich mir vornehm, überhaupt nie mehr Kaugummi zu kauen.

»Was, was?!«, frag ich zurück. Spür eine Spannung in meinem Körper wie ein zu kurzes Drahtseil, das meine kleine Zehenspitze mit meinem Scheitel verbindet. Seh das kleine Flackern in Melindas Blick. Unsicher ist die, wie es weitergehen soll. Komisch, dass ich das besser weiß als sie, wie es weitergeht. Ich hab mal erlebt, wie Melinda mit Siri Streit hatte. Die hat das zwei Wochen durchgehalten, nicht mit Siri zu sprechen. Einmal hat sie der sogar in die Schultasche gespuckt. Melinda gegen sich zu haben, ist ungefähr so beschissen, wie es toll ist, sie als Freundin zu haben.

Marko sitzt nur drei Plätze weiter, und irgendwer hat ihm noch so einen bescheuerten Spruch eingeflüstert, den er jetzt weitergrölt: »Das dünne Ende kommt zuletzt!«

Melindas Augen werden wieder so schmal wie beim Tanzen unten in diesem Partykeller. Sie glotzt jetzt noch aggressiver als vorhin.

»Das dünne Ende kommt zuletzt«, wiederholt sie leise, aber scharf mitten in mein Gesicht hinein.

Klingt wie eine Drohung. Ich schau weg und hol meine Deutschsachen raus.

Das Gemurmel und Gekicher wird kaum leiser, als Frau Mast reinkommt, sie muss drei Mal »Schhhh!« machen, bevor sie überhaupt Guten Morgen sagen kann. Ihre schlechte Laune wabert durchs Klassenzimmer wie Zigarettenrauch. Dann klappt sie die Tafel auf: GEMEINSAM GEHEN SIE DURCH DICK UND DÜNN! Daneben zwei gekritzelte Strichmännchen, eins mit langen Haaren und eins mit superrundem Bauch, Hand in Hand. Donnerndes Lachgebrüll in der ganzen Klasse. Zusammen mit Frau Mast kommt Lenni rein. Er lacht nicht wie alle anderen. Läuft nur in großen Schritten zu seinem Stuhl und setzt sich hin.

Was ist denn eigentlich hier los, könnt ihr euch vielleicht mal zusammenreißen?« Frau Mast nimmt den Schwamm und wischt das Gekritzel weg. Auf ihrem Hals erscheinen rote Flecken. Ein wenig tut sie mir jetzt doch leid. Seit Seras und meinem Notfallabhauplan ist ihr die Kontrolle restlos entglitten.

Die Jungs sind betrunken von ihrem eigenen Gelächter und ihren blöden Sprüchen. »Tragen Sie jetzt nicht ein bisschen dick auf?«, ruft ihr Jan übermütig entgegen, und logischerweise weiß Frau Mast gar nicht, was hier gerade gespielt wird, sie hat ja den Anfang der Szene verpasst, sonst würde sie nicht schreien: »Es reicht! Ich hab die Faxen dicke!«

Der Rest ihres Wutausbruchs geht im Gejohle unter, während Melinda das Ganze mit einem Zungenbrecher krönt, den wir in Musik einmal als Stimmaufwärmung gelernt haben: »Der dicke Diener trägt den dünnen Diener durch den dicken Dreck.« Und sie legt sie gleich mit der passenden Variante nach: »Der dicke Niko trägt die dünne Sera durch den dicken Dreck.« Ausgerechnet Melinda. Soviel ich weiß, ist sie Seras beste Freundin.

Ich sehe, wie Sera Melinda ansieht, in ihrem Blick liegt etwas, das schwer zu beschreiben ist, ein innerer Salto vom Nicht-fassen-Können zum Verstehen. Sera nimmt ihren Kaugummi und wickelt ihn sorgfältig in ein Stück Papier. Langsam erhebt sie sich und trägt das Papierchen mit dem Kaugummi quer durch die tobende Klasse zum Mülleimer, mit so geradem Rücken, als balanciere sie einen Tonkrug mit Wasser auf dem Kopf. Und sie lässt es in den Eimer fallen, als würde sie irgendetwas anderes wegwerfen, als wäre der Kaugummi ein Symbol für etwas ganz anderes.

Klar könnt ich jetzt zu Niko rüberschauen. Gucken, wie der auf das alles reagiert. Ist aber eigentlich unnötig, ich weiß ja, wie der das sonst macht: sitzen bleiben, Ruhe bewahren, ins Leere schauen, tun, als wär nichts. Außerdem hab ich keine Lust, da jetzt noch Benzin ins Feuer zu gießen. Wenn ich jetzt zu dem rüberschau, dann schnappen die vollends über.

»Och, guck mal! Wie er sie anschmachtet!«, hör ich plötzlich Caros kreischende Stimme von hinten. Er guckt also. Kein Wunder, bei mir ist's ja auch interessanter, mal zu gucken, wie ich reagier. Soll er doch. Zurückschauen muss deshalb noch lange nicht sein. Der kommt schon klar, ohne dass wir jetzt unsere Blicke verhaken wie Kletterseile. Hat er bisher auch überlebt.

Irgendwie kriegt Frau Mast das dann doch noch hin, dass die aufhören. Ich pass auf, dass ich allen Blicken ausweiche, die mich treffen. Vor allem Melindas, was am schwierigsten ist. Dauernd kritzelt sie irgendwelche Zettelchen und schmeißt sie zu Marko rüber. Wenn sie eine schnelle Bewegung macht, kommt eine kleine Wolke Melindageruch zu mir rüber, Parfüm, Nagellack, Kaugummi. Bei jeder Wolke werd ich wütender. Seit vier Jahren sind wir Freundinnen. Dachte ich jedenfalls. Inklusive Milchschnitte-Partys, aus Versehen grün gefärbten Haaren, Liebeskummerberatung. Hätte nicht gedacht, dass eine Freundschaft so schnell kippen kann wie ein zugemüllter See.

Nach der letzten Stunde werf ich meine Sachen in die Tasche, total durcheinander, wie ich es sonst nie machen würde. Nichts wie weg. Ich versuch, möglichst schnell zu verschwinden, klar. Ist aber nicht so einfach. Erst stoß ich mit meiner Schultasche an Melindas Schulter. »Pass doch auf«, zischt sie. Dann muss ich warten, als Siri mir im Weg steht, die quälend langsam ihre Bücher in ihren Rucksack packt. Guckt mir total ausdruckslos ins Gesicht und geht kein Stück zur Seite. Natürlich ist das Absicht. Als ich mich endlich an ihr vorbeidrängel, atmet sie extra laut genervt aus. Und als wäre das nicht schon genug, steht auch noch Marko so in der Tür, dass ich ganz nah an ihm vorbeimuss, Das Letzte, was ich seh, bevor ich endlich aus dem Klassen-zimmer raus bin, ist sein triumphierendes Grinsen mit der Zahnlücke.

Niko holt mich ein, als ich grade wie eine Spielzeuglok auf ihrem Gleis durch die Schwingtür stürme, ohne nach rechts und links zu schauen. Fast wird er von der hinter mir zufallenden Tür zerquetscht. Ich hab keine Lust, stehen zu bleiben, und lauf einfach weiter. »Tut mir leid, dass das heute so war«, sagt Niko mit seiner tiefen Stimme.

Ich schau ihn nicht an. »Kannst du doch nix dafür.« Ich kling ein bisschen genervter als geplant und bleib jetzt doch stehen. »Wieso entschuldigst du dich dafür, dass die anderen Scheiße reden, bitte?!«

»Na ja.«

Was er nicht sagt: Ohne mich wär für dich alles wie im-mer. Was ich nicht sag: Ja, stimmt genau.

Exakt in diesem Moment läuft Melinda an uns vorbei.

Unsere Blicke kreuzen sich. Weil ich sie so gut kenn, seh ich genau, dass sie sich für einen Spruch bereit macht. Sie guckt noch mal auf Niko, rutscht mit ihren Augen genüsslich einmal von oben nach unten über seinen Körper. Diesen dermaßen ätzenden Blick muss sie von Marko abgeschaut haben. Oder sieht das immer so aus bei ihr und ich hab es nur nicht gemerkt?

»Mann, Sera, was willst du denn mit dem?! Der ist doch fetter, als du hinterhältig bist!«, flötet sie in ironisch-süßlichem Ton.

»Wieso denn hinterhältig?«, frage ich.

»Weißt du ja wohl ganz genau!«, zischt sie zurück. Dann dreht sie sich weg und haut ab. Wirft dabei mit übertriebenem Schwung ihre Haare über die Schulter. Die sind jetzt nicht mehr schwarz wie meine, sondern mittelbraun.

»Na dann«, sagt Niko.

»Na dann«, sag ich.

»Schwesterlein!« Farid hat die Gabe, immer dann aufzutauchen, wenn es echt nicht passt.

»Hi! Bin Farid!« Er streckt Niko die Hand hin, zieht sie dann aber weg, als Niko sie nehmen will, und lacht sich schief. So peinlich. »Was sind die Pläne?« Farid ist super gelaunt. Und ich hab keine Ahnung, was er vorhat, ob er Niko gleich total verarschen wird oder ob er echt nett sein will.

»Keine Pläne«, sag ich.

»Wir haben uns gerade verabschiedet«, sagt Niko.

»Ach was, ich geb euch 'n Döner aus«, sagt Farid und lacht wieder. »Habt sicher Hunger?«

Genau jetzt könnte ich den Lachdecodierer gut brauchen, denn ich weiß ausnahmsweise einmal gar nicht, woran ich bin. Seras Bruder ist geschätzt drei Jahre älter als wir, und sieht aus wie Sera, nur als Junge und viel größer und noch dünner als sie. Und nett. Und ich kann nicht einschätzen, ob er mich wirklich zum Essen einladen will oder ob er nur auf meine Reaktion wartet, um mich dann verbal k.o. zu schlagen. Wenn mir jemand, den ich nicht kenne, Essen anbietet, ist das leider immer möglich.

Ich esse tatsächlich gar nicht so gerne, wie man vielleicht annehmen würde, wenn man mich sieht. Die meisten Leute denken ja, dass jemand dick ist, weil er immerzu zu viel isst. Bei mir stimmt das nicht. Außer Blumenkohl und Gorgonzola schmecken mir zwar die meisten Sachen mehr oder weniger, aber ich esse einfach, weil ich wie jeder Mensch essen muss und weil es Großmama Sorge bereiten würde, wenn ich nichts oder weniger essen würde. Ich weiß nicht mehr genau, wann das war, dass ich noch normal aussah, und ab wann eben nicht mehr, vermutlich sind die Grenzen da fließend.

Ich schaue Sera an und sehe, dass sie ihren Bruder ebenso wenig durchschaut wie ich. Da beschließe ich, ihm eine Chance zu geben. »Ja, ich habe Hunger«, sage ich. »Riesig.« Ich grinse ihn ebenso breit an wie er mich und schiebe diese Überempfindlichkeit, die mich denken lässt, dass jeder immer nur den Panzer in mir sieht, in den letzten Winkel meines Hinterkopfes.

Farid hakt Sera unter, die sich augenblicklich wieder losmacht, und da bugsiert er uns mit seinen großen Händen zum Döner-Imbiss gegenüber der Schule.

»Du bist ja echt einer«, lacht Farid und beißt in seinen Döner, und ich muss warten, bis er das Drittel Döner, das er dabei in seinen Mund befördert hat, endlich fertig gekaut hat, um zu erfahren, was er damit meint. »Hast mein Schwesterlein dazu gebracht, die erste Nacht ihres Lebens nicht in ihrem eigenen Bett zu verbringen.« Er beißt schon wieder in den Döner.

»Zweite«, knurrt Sera. Ich kann sehen, dass ihr das alles fürchterlich peinlich ist.

Ich beiße vorsichtig von meinem Döner ab. Wenn ich zum ersten Mal mit jemandem gemeinsam esse, dann mache ich unwillkürlich kleinere Bissen, um zu verhindern, dass der andere sofort denkt, dass ich zuviel esse. Dabei beobachtet Farid mich überhaupt nicht, sondern guckt amüsiert seiner Schwester dabei zu, wie sie mit zwei Fingern in ihrem Döner herumstochert, den sie aufgeklappt hat wie ein Himmel-und-Hölle-Spiel.

»Sind keine Zwiebeln drin«, kommentiert er, nachdem er ihr eine Weile zugesehen hat. »Hab für dich schon ohne bestellt.« Sein ganzer schlaksiger Körper schlenkert vor Belustigung, während Sera schnaubt.

»Und? Highlights?«, fragt er, wieder zu mir. Vielleicht hat Sera ihre Marotte, in unvollständigen Sätzen zu sprechen, von ihrem Bruder abgeschaut. Ich beschließe, dass ich nichts zu verlieren habe und deshalb ehrlich sein kann. Außerdem muss ich dann seine Frage nicht beantworten.

»Ist das eine Familientradition bei euch, diese kryptischen Satzverkürzungen zu verwenden?«

»Kryp-was?«, fragt Sera.

Farid lacht mich an. »Geheimnisvoll«, erklärt er seiner Schwester. Und zu mir sagt er: »Dann ist doch super, dass du Kryptologe bist.« Dabei lacht er weiter. Es ist ein freundliches Lachen ohne jede Boshaftigkeit. Den Vertrauensvorschuss hat er definitiv verdient.

Mit dem fünften Bissen hat Farid seinen Döner vollends vernichtet, während ich meinen noch nicht einmal zur Hälfte gegessen habe. Seine Frage nach den Highlights unseres Abhauplans hat er vergessen.

»Alsomal«, sagt Farid in einem Wort und wendet sich zum Gehen. »Kommst du mit?« Sera nickt kauend.

»Danke für den Döner!«

»Klar«, ruft Farid schon über die Schulter.

»Tschüs«, murmelt Sera und schlendert federnd hinterher.

Ihre schwarzen Haare wippen glänzend wie flüssiges Lakritz auf ihren Schultern. Ich schlucke den letzten Bissen unzerkaut, verschlucke mich fast, sodass mir Tränen in die Augen schießen, und rufe schnell, bevor mich der plötzliche Anfall von Mut wieder verlässt: »Sera?«

Sie dreht sich um und schaut mich an, mit einem ungeduldigen Blick, der mich fast wieder davon abbringt, zu sagen, was ich vorhabe zu sagen. Farid vergrößert inzwischen seinen Vorsprung.

»Ich würde das mit dem Baum probieren«, sage ich und will es sofort erklären, falls sie nicht weiß, was ich meine. Aber das minimale unerwartete Glitzern in ihren Augen verrät mir, dass das unnötig ist.

»Okay«, sagt sie. »Auf dem Schulhof, heute um sieben.«

aben sie's also geschafft. Jetzt treff ich mich auch noch wirklich mit Niko. Klar, das Notfallabenteuer, da waren wir auch irgendwie zusammen. Aber das war – na ja. Ein Notfall eben. Das hier ist was ganz anderes. Das ist jetzt sozusagen freiwillig. Dass mir ausgerechnet der blöde Baum im Schulhof eingefallen ist, was für eine unterirdische Idee! Jetzt ist es zu spät, was dran zu ändern, klar.

Die Schule ist jetzt abends noch grauer als sonst. Keine bunten Pullis, der Hof ist total leer, und die abgewetzte Wiese sieht noch trauriger aus, als wenn Leute drauf rumsitzen. Niko steht unter dem Baum, Hände in den Hosentaschen, der Bauch im Profil. Als ich ihn jetzt so seh, da will ich am liebsten umdrehen, weil: Was bitte mach ich hier? Grad als ich mich wieder verdrücken will, da hat er mich schon entdeckt. Das Leuchten, das da über sein Gesicht flitzt, ist schon wieder fast atomar, und da kann ich natürlich nicht anders als hingehen.

»Hi.«

»Hi.« Er hat die Hände aus den Taschen genommen. Leuchtet weiter.

Abenteuer, denk ich, und frag mich, wer hier eigentlich grad mehr Neues ausprobiert, er oder ich. »Okay. Bereit?«, frag ich.

Lieber bringen wir das jetzt hinter uns. Ich spür, dass ich nasse Hände hab. Als wär ich es, die ein Problem damit hat, auf Bäume zu klettern, und nicht er. Er nickt. Sieht nicht halb so ängstlich aus, wie ich aussehen würde, wenn ich er wär.

Ich kletter zuerst hoch. Der Baum ist keiner von den ganz einfachen, aber ich bin schon auf schwierigere geklettert. Ich spring locker ab und halt mich am untersten Ast, bekomme mit den Füßen Halt am Stamm und an der komischen Verzierung aus Wolle, und sitz im nächsten Moment oben auf dem Ast. Niko steht unten und schaut zu mir hoch. Schon wieder fallen mir seine langen Wimpern auf.

Ich streck ihm meine Hand hin. Dann seh ich plötzlich Niko im Klettergarten vor mir wie ein superscharfes Foto, und mir fällt ein, dass der echt schwer sein muss, und ich find es jetzt doch eine saublöde Idee, ihm die Hand hinzuhalten. Ich zieh sie also wieder zurück, dummerweise genau in dem Moment, als er sie grade nehmen wollte. Greift er also ins Leere und stolpert rückwärts. Ich werd rot. Mein Gesicht brennt, als hätte mich eine Feuerqualle gestreift. Oh Mann. Hätten wir uns alles sparen können, wenn ich diese bescheuerte Kletteridee gar nicht erst gehabt hätte! Also tu ich schnell so, als hätten mich meine Haare gekitzelt, streich sie mir hinters Ohr und streck ihm meine Hand noch mal entgegen. Niko zieht sich dran hoch, stemmt sich mit den Füßen gegen den Stamm und klettert – und ich fall dann doch nicht vom Baum und er auch nicht. Und da sitzen wir dann also auf dem untersten Ast wie zwei Hühner auf der Stange und schauen unseren hässlichen Schulhof von oben an.

»Super Aussicht«, sagt Niko. Lässt den Blick über den

Schulhof schweifen und nickt dabei so übertrieben. Ich brauch kurz, bis ich merke, dass er mich verarscht. Kann nur kurz nicht glauben, dass mich Niko verarscht. Niko, ausgerechnet, und dann auch noch jetzt, wo ich ihn grade auf den Baum hochgezogen habe, den ersten Baum seines Lebens schätzungsweise.

Der schaut mich von der Seite an und merkt, dass mich das jetzt nervt. Merkt es irgendwie, keine Ahnung, wie. So einer wie Marko würd so was nie merken.

»Nein, also, jetzt ehrlich«, fängt Niko an, schaut mich immer noch an. Ich ignorier es, starre lieber gradeaus über den Schulhof. Überall liegen alte Kippen und leere Tetrapacks rum. Der beschissenste Ausblick der Welt, hat er schon recht.

An der Mauer vor dem Gebäude taucht plötzlich Caro auf. Ich erschrecke, weil ich sofort denke, dass sie uns aufgelauert hat. Aber Caro scheint uns gar nicht zu sehen. Sie schlendert ultralangsam quer über den Hof. Ein paar Meter vom Baum entfernt bleibt sie stehen und kramt in ihrer Jakkentasche rum. Als sie wieder hochguckt, entdeckt sie uns. Ich glaub, dass sie genauso erschrickt wie ich grade vorher, jedenfalls reißt sie kurz die Augen auf, bevor sich dieses höhnische Grinsen in ihrem Gesicht breitmacht. Sie braucht aber etwas, bis ihr ein passender Kommentar einfällt zu dem, was sie da sieht.

»Bist du unter die Panzer-Trainer gegangen?« Niko neben mir rutscht auf dem Ast hin und her. »War ja auch Zeit, dass du dir neue Freunde suchst, wenn wir dir alle nicht gut genug sind!«, fügt sie dann schnippisch hinzu.

Ich bringe nur ein »Hä?« heraus.

»Das hätt ich echt nicht von dir gedacht«, sagt Caro. Sie grinst jetzt nicht mehr. Zieht ihre Jacke vorne zusammen und geht schnell weiter, bevor ich sie fragen kann, was sie nicht gedacht hätte.

Eine Weile sitzen wir beide oben im Baum, und ich wart die ganze Zeit, dass jetzt gleich der Nächste aus unserer Klasse vorbeikommt, um uns irgendeinen Spruch reinzudrücken. Im schlimmsten Fall Marko. Es kommt aber keiner mehr. Der Schulhof sieht jetzt noch trauriger aus, falls das überhaupt geht.

»Ich finde es gut, dass endlich mal jemand mit mir auf diesen Baum steigt«, sagt Niko plötzlich. »Schließlich schaue ich den immer nur von unten an, wenn meine Sachen in der Krone hängen, um die Aussicht zu genießen.« In seinem rechten Mundwinkel so ein kleines schräges Grinsen. Mitsamt Grübchen.

Ich versuche, Caro und die anderen für heute zu vergessen. »Welche Sachen warn denn schon oben?«

Er überlegt nicht mal eine Sekunde. »Jacke und Mäppchen, zweite Etage.« Er deutet mit dem Daumen auf den Ast eins weiter oben. »Turnbeutel, noch eins weiter oben. Und der ganze Rucksack. Aber das weißt du ja.«

Hat er mich also doch gesehen, letzte Woche. Ich frag mich, ob er auch gesehen hat, dass ich gelacht hab, wie alle eben. Peinlich. Werd ich natürlich schon wieder rot.

Komisch, grade jetzt fällt mir auf, wie gut er riecht: frisches Brot oder so. Und ich merk, dass ich längst angefangen hab, mich irgendwie wohlzufühlen mit ihm. Und nicht nur da oben auf dem Baum, sondern überhaupt. Irre. Vor einer Woche hätt ich mir nicht mal vorstellen können, einen Satz mit ihm zu wechseln.

»Ich versteh das nicht«, sag ich. »Warum du dir das alles gefallen lässt.«

Er zuckt mit den Schultern und gerät kurz aus dem Gleichgewicht. Balanciert sich wieder aus, Hände am Stamm. »Ist einfach der Weg des geringsten Widerstands.« Er popelt mit der linken Hand am Stamm rum, bis ein Stück Rinde abfällt. Schöne Hände hat der, groß, mit langen Fingern. »Die Alternativen, die ich habe, sind nicht so vielversprechend, weißt du.« Ich gewöhn mich wirklich langsam an die komplizierten Wörter, die er immer benutzt. »Wegrennen ist keine Option, Rumbrüllen finde ich peinlich, und, na ja, zu Gewalt neige ich auch nicht.«

»Einmal prügeln und die Sache wär erledigt.« Keine Ahnung, warum ich ihn auf einmal so provoziere.

»Ach komm, Sera, das glaubst du doch nicht wirklich, dass mich Marko und seine Leute dann in Frieden lassen würden.«

Ich sag lieber nichts, ist ja klar, dass er recht hat. Ich denk an Markos Hände, die mich nicht in Frieden gelassen haben, und muss schlucken.

»Außerdem: Manche Sachen kann man eben nicht machen, wenn man dick ist.«

»Prügeln?«, frage ich.

»Zum Beispiel.«

»Was noch?«

Blöde Frage, die könnt ich mir bestens selber beantworten. Aber ich will den jetzt weiter rausfordern, keine Ahnung, wieso. Vielleicht einfach, weil er so tut, als wär das alles, was er über sich erzählt, so klar, dass keiner es hinterfragen darf. Dabei könnt ich ja ganz neue Ideen für ihn haben. Immerhin häng ich seit Tagen mit ihm rum. Vielleicht ärger ich mich da am meisten drüber: dass er anscheinend nicht mal dran denkt, dass ich anders sein könnte als die anderen alle. Oder vielleicht ärger ich mich vor allem, weil ich selber nicht so genau weiß, ob ich's wirklich bin – anders als die anderen.

»Versteck spielen geht auch schlecht«, sagt er. Keinen Schimmer, ob das hier gerade ein ernstes Gespräch wird oder ein witziges.

»Hula-Hoop?«, schlage ich vor. Niko grinst.

»Wegrennen, wenn jemand die Schule angezündet hat.«

»Stabhochsprung.«

»Ein Essen genießen, ohne auf blöde Kommentare zu warten«, sagt er.

Da merk ich: Ist doch nicht alles nur witzig gemeint. Und ich denk an Farid, der seinen Döner in fünf Bissen runtergeschlungen hat, die reinste Fressmaschine. Und daran, wie Niko danebenstand und an seinem rumgenagt hat wie eine Maus. Hat natürlich auf einen blöden Kommentar gewartet. Klar tut er mir da leid. Und gleichzeitig ärger ich mich, dass er mir leidtut.

Deshalb sag ich: »Auf Bäume klettern geht natürlich auch nicht.«

Niko sagt nichts. Was denn auch, sitzt ja grade seit fünf Minuten mit mir auf dem Ast wie ein Affe.

»Mann, Niko, glaubst du echt, ich kann alles machen, was ich will?«, rede ich weiter, ohne nachzudenken. »Oder irgendwer sonst? Keiner kann das. Ist doch scheißegal, ob du dick bist oder behindert oder ein Mädchen.«

»Ist es nicht.«

»Ist es doch.«

»Nein.«

»Doch.«

Und dann sagt er, ohne einmal Luft zu holen: »Und wie viele Leute haben dich schon Tiefseequalle genannt? Deine Sachen in den Baum geworfen und darauf gelauert, dass du dich mit wackelndem Bauch bemühst, sie wieder runterzuholen? Wie viele Kommentare zu deinem Hinterteil musstest du schon runterschlucken? Und ich meine keine Komplimente! Wie oft hat dich denn jemand fertiggemacht, weil du ein Mädchen bist? Einmal, zweimal? Jeden Tag?«

Er schreit nicht und klingt nicht aufgeregt. Schlimmer, würd ich sagen: Der sagt das so ganz ruhig und irgendwie überheblich. So als hätt ich einfach so was von keine Ahnung. Zum Schluss stößt er sich vom Ast ab. Landet mit einem dumpfen Knall unterm Baum und haut ab. Schaut sich nicht mal nach mir um.

Ich hab jetzt aber mit einem Mal eine Sauwut im Bauch. Immer geht's hier um ihn. Und er hat sich's da ja echt bequem gemacht in seinem Leben als Dicker, mit lauter Problemen, an denen nur das Dicksein schuld ist. Der merkt nicht mal, was sich in den letzten Tagen alles verändert hat. Und zwar nicht bei ihm, sondern bei mir! Mein Leben ist total auf den Kopf gestellt und wir reden hier die ganze Zeit nur über ihn. Ich merk es jetzt erst richtig: Ich will auch mal über mich reden. Ich lauf ihm also nach.

Er legt, ehrlich gesagt, ein ziemliches Tempo vor. Ich brauch ein bisschen, bis ich ihn einhol. Deshalb seh ich es im ersten Moment auch nicht, und ich bin schon fast dabei, ihm richtig die Meinung zu sagen, als ich es merk – der weint. Das zieht mir kurz den Stecker, weil das hab ich ja noch kein einziges Mal gesehen, dass er weint.

Ich weiß gar nicht, was ich jetzt machen soll. Mich ihm in den Weg stellen, geht irgendwie nicht. Ihm was Nettes sagen auch nicht. Dafür ist er zu schlau. Der weiß ja genau, dass ich das nur sagen würde, damit er sich besser vorkommt. Und dann würd er sich natürlich noch schlechter vorkommen. Und dann muss ich ihn vielleicht in den Arm nehmen oder so. Will ich das? Sicher will der so was gar nicht, in den Arm genommen werden.

Ich zupf also nur ein bisschen im Gehen an seinem Ärmel rum, während er weitergeht, und das ist so ungefähr das Allerbescheuertste, was ich machen kann. Vielleicht nervt ihn das auch echt, jedenfalls bleibt der total plötzlich stehen.

»Ein schönes Mädchen küssen«, sagt er.

»Was?«

»Kann man auch nicht einfach machen, wenn man dick ist«, sagt er. Guckt mir ins Gesicht. Rechts oben an den Wimpern hängt noch eine Träne, die den Absprung nicht geschafft hat.

Und dann krieg ich dieses komische Gefühl im Magen. Das Gefühl, das ich hab, wenn ich am Bahnhof am Gleis steh und der Zug fährt ein, und plötzlich weiß ich genau, dass ich mich da jetzt aufs Gleis werfen könnte, direkt vor den Zug. Ich mach es natürlich nicht, und ich will es auch gar nicht machen, aber mir wird in diesem Moment klar, dass ich's machen *könnte*, einfach so, nur weil ich *will*, genau in der Sekunde.

Die eine Sekunde, die macht den Unterschied, und dann steht schon der Zug da, und alles ist wieder normal. So ist das jetzt auch. Und bevor die Sekunde vorbei ist, hab ich mich nach vorne gebeugt und Niko geküsst. Also, richtig geküsst, auf den Mund.

er Kuss ist weich und warm und schmeckt nach Himbeerbrombeere. Der Kuss ist sekundenschnell vorbei. So wie die Arschbombe, die ich vor vier Tagen, die mir vorkommen wie vierundvierzig Tage, direkt vor Markos Gesicht gemacht habe. Und genau wie die Arschbombe ist der Kuss eine dieser Aktionen, die man sofort danach bereut. Und ohne Frage bereut Sera diesen Kuss sofort, denn direkt danach setzt sie zum Sprung an wie eine panische Gazelle. Und sie rennt, als wäre ihr derdiedas Schrecklichste auf den Fersen, und ich, Himbeerbrombeergeschmack auf meinen Lippen, schaue ihr hinterher wie in Trance. Ich brauche Minuten, bevor ich wieder in der Realität ankomme, in der ich, ein unförmiger Vierzehnjähriger, alleine mitten auf dem von verschiedenfarbigen Hundehaufen gesäumten Gehweg stehe.

Ein Lastwagen rumpelt an mir vorbei und verliert genau neben mir einen großen Haufen Kies, der mich in eine Staubwolke hüllt. Ich blinzle mir die Staubkörner aus den Augen und setze mich langsam in Bewegung. Es wird gerade dämmerig, und ich laufe die schnurgerade Hauptstraße entlang, an der die Straßenlaternen so dicht stehen wie stramm stehende Soldaten beim Appell und jetzt der Reihe nach kurz flackern und dann aufleuchten.

Manchmal spiele ich dieses alberne Wenn-dann-Spiel, mit dem sich alle Träumer den Tag vertreiben: Wenn ich an der nächsten Straßenlaterne vorbeigehe, bevor sie flackert, dann bereut sie den Kuss nicht. Man darf auf keinen Fall schummeln, indem man schneller geht. Die Straßenlampe flackert schon, bevor ich sie erreiche. Na gut. Also noch mal: Wenn ich an der nächsten Straßenlaterne vorbei bin, bevor deren Flackern in ein stetes Leuchten übergeht, dann bereut sie ihn wenigstens nur für eine Zeit lang. Unwillkürlich beschleunige ich meinen Schritt und bremse gleich wieder ab, und genau, als ich auf der Höhe der Laterne bin, leuchtet sie grell auf.

In Osmans Werkstatt brennt Licht. Kurz entschlossen klopfe ich an die große Milchglastür, die in das Werkstatttor eingelassen ist. Ich höre Osmans Schlurfen, mit dem er sich schwerfällig dem Tor nähert, dann erscheint sein rundes Gesicht als verschwommener Geistermond hinter der Scheibe. Als er mich erkennt, reißt er mit für ihn völlig untypischer Schnelligkeit die Tür auf.

»Hey, Niko, was macht die Damenwelt?« Osman lässt sein Grinsen verebben, als er auf mich herunterschaut und sofort begreift. »Komm erst mal rein«, sagt er. »Limo?«

Ich nicke lustlos.

Osman schlurft in einem Kreis um den Wagenhebermechanismus herum zu seinem Kühlschrank, der hinten an der Wand steht, und wieder zurück zu mir. Ich wundere mich manchmal, dass dieser intuitive Weg, der Osman jeden überflüssigen Schritt erspart, nicht längst seine Spur hinterlassen hat – eine kreisrunde, tiefergelegte Rinne im Boden der Werkstatt, wie so ein Kuhtrampelpfad auf einer Almwiese. Er drückt mir eine Cola in die Hand. Osman sagt zu jedem Getränk einfach Limo.

Ich weiß noch, wie ich das erste Mal in seiner Werkstatt gelandet bin, weil ich mir direkt davor auf der Straße das Knie aufgeschlagen habe. Er kam mit einem Pflaster und einer Cola herausgeschlurft. Die Cola hat er mir aufgemacht, aber das Pflaster musste ich mir selbst aufs Knie kleben, denn Bücken ist nicht gerade Osmans Spezialität. Das war meine allererste Limo bei Osman.

»Bist du verliebt?«, fragt er jetzt, weil er eben doch zu neugierig ist, um es sein zu lassen.

»Weiß nicht.«

»Was, weiß nicht. Spinnst du? Weiß man doch!«

»Wie denn, Osman? Woher weiß man es bitte?«

»Was du so fragst, Mann! Kribbeln, Jammern, elend und glücklich sein gleichzeitig, sie sehen wollen und Angst davor haben, solche Sachen halt.«

Ich schaue Osman in das runde Gesicht mit den schokoladenbraunen Augen, dann fällt mein Blick auf sein schlabberiges graues T-Shirt mit den Ölflecken, und ich versuche, ihn mir bei einem Date vorzustellen, und kann es nicht. Eher schleicht sich das Bild in meinen Kopf, wie er keuchend vor Anstrengung einer Frau hinterherspioniert, die er niemals wagen wird anzusprechen. Ich frage mich, ob er sich überhaupt schon einmal getraut hat, sich zu verlieben. So, wie er aussieht.

»Angst habe ich nicht, sie zu sehen.« Als ich es sage, merke ich, dass es stimmt. Nicht mal vorhin, als ich mich auf den Weg gemacht habe, Sera zu treffen, und genau wusste, dass wir auf einen Baum klettern wollen, hatte ich Angst.

»Aber aufgeregt bist du schon.«

»Kaum.«

Er schaut mich entgeistert an.

»Wer keine Erwartungen hat, ist auch nicht aufgeregt«, sage

ich, weil mir plötzlich selber eingefallen ist, warum ich so unaufgeregt bin.

»Und sie? Ist sie verliebt?« Jetzt schaue ich entgeistert. Osman zieht seine dicken Augenbrauen hoch, die ebenso schwarz sind wie Seras, nur wesentlich borstiger, wie zwei zu lange benutzte Zahnbürsten. »Könnte doch sein, oder?«

»Nee, könnte nicht sein.«

Wir schauen eine Weile vor uns hin, als wollten wir irgendetwas beschwören, was sich in der nach Maschinenöl und Reinigungspaste riechenden Werkstattluft vor uns befindet.

»Sie hat mich geküsst«, murmele ich.

»Was?« Osman strauchelt nach hinten, als hätte mein Satz ihn physisch getroffen wie ein Kinnhaken. »Wohin?«

»Auf den Mund«, sage ich düster.

»Wow!« Osmans gewaltiger Körper bebt wie die Alpen bei Gewitter, so aufregend findet er meine Verkündung.

»Danach ist sie allerdings so schnell weggerannt, dass nicht mal der Weltrekordhalter im Kurzstreckenlauf sie hätte einholen können«, füge ich hinzu.

»Oh«, haucht Osman und hört auf zu beben. »Und jetzt?«, fragt er.

»Ja, genau«, sage ich. »Und jetzt?«

»Wir rufen Little an, der kennt sich aus mit Küssen«, verkündet Osman schließlich und verschwindet in seinem Minibüro.

Diesmal setze ich mich auf die Motorhaube des Corsa, der immer noch dort steht, wo er am Tag vor dem Klassenausflug stand. Ich habe das Gefühl, dass seit meinem letzten Besuch in Osmans Werkstatt mehrere Monate vergangen sind. Mit einem Mal fühle ich mich unsagbar müde. Während ich mir überlege, ob Little eine Idee haben wird, nehme ich einen Schluck aus meiner Colaflasche, und dann noch einen und noch einen.

Der vierte Schluck gerät mir in die Nase, und ich pruste und huste und niese noch, als Little durch die Tür stürmt. Er muss sich hergebeamt haben.

»Sie hat dich geküsst?!«, kreischt er statt einer Begrüßung und hüpft auf und ab wie ein Flummi.

Ich brauche ungefähr eine halbe Stunde, um Osman und Little, der sich ehrlich freut, dass Osman ihn herbestellt hat, die letzten vier Tage zusammenzufassen. Sie geben sich nicht mit der groben Geschichte zufrieden. Littles Lieblingsstelle meines Berichts ist der Schaukelabsturz mit dem peinlichen Berufswunschdialog, Osman gefällt am meisten die Arschbombe und natürlich der zufällige Einsatz seiner Schraubenziehererfindung bei Seras Rettung vor Marko. Am Ende sitzen wir alle drei auf Osmans eiskaltem Werkstattboden, trinken Cola und schweigen den Corsa an.

»Ich würd einfach mal warten, was passiert«, sagt Osman schließlich. Ich nicke.

Little regt sich sofort auf. »Eure Trägheit ist echt nicht auszuhalten!«, ruft er. »Du musst sie natürlich zur Rede stellen. Sie fragen, was sie mit dem Kuss bezweckt hat.« Er trommelt mit den Fingern auf meinem Knie herum.

»Vielleicht wollte sie aber gar nichts damit bezwecken«, wirft Osman ein.

Und ich füge hinzu: »Vielleicht war es ein Spontanentschluss. Vielleicht wollte sie mir nur beweisen, dass man das überhaupt kann – einen Dicken küssen. Vielleicht wollte sie auch nur sich selbst irgendetwas beweisen, was mit mir gar nichts zu tun hat.«

Ich stütze mich am Corsa ab, als ich aufstehe, und der Corsa antwortet mit einem feinen, hohen Quietschen irgendwo aus dem Inneren.

Little springt auf und schaut mich herausfordernd an. Wäre er an meiner Stelle, würde er Sera jetzt noch hinterhersprinten und die Sache klären, bevor der Mond aufgeht.

»Ich mache jetzt erst mal gar nichts«, sage ich entschlossen in sein vor Aufregung zuckendes Gesicht hinein.

»Er braucht 'n Mutexpander«, murmelt Osman, und Little nickt zustimmend. Beide sehen mich forschend an. Ich fühle mich wie ein wissenschaftliches Objekt.

»Mir fehlt nicht der Mut, Little«, sage ich. »Mir fehlt das Vorstellungsvermögen.«

I ch komm total durchgeschwitzt zu Hause an, weil ich bin wirklich den gesamten Weg gerannt, gerast eigentlich, als wären hundert Menschenfresser hinter mir her. Dabei bin ich vor mir selber weggelaufen, sozusagen. Wär ich jedenfalls, wenn das ginge.

Als ich den Schlüssel im Schloss dreh, steht Baba natürlich schon im Flur und sieht genau, wie ich ausseh. An der Stirn kleben die Haare, am Rücken das T-Shirt und an den Schienbeinen ist eine Schicht aus Schweiß und feinem Dreck. Keine Möglichkeit, zu verstecken, dass was nicht stimmt.

Baba zieht die linke Augenbraue hoch. »Wo kommst du her?«

»War klettern«, sag ich knapp. Ich werd ihm ja jetzt nichts von der Aktion grade erzählen. Niemand werd ich davon erzählen. Baba zieht die andere Augenbraue auch noch hoch. Er hasst meine Wortsparsamkeit.

»Mit Niko«, füg ich hinzu und seh, wie Babas Gesicht sich sofort entspannt.

Er könnt ja jetzt fragen, wie das war, mit Niko zu klettern, wo wir geklettert sind, so was. Baba will sonst immer alles ganz genau wissen. Aber jetzt nickt er nur und lässt die Augenbrauen unten. Er macht sich jetzt keine Sorgen mehr, einfach, weil ich Nikos Namen erwähnt hab. Weil der eh nur als normaler Freund für mich infrage kommt, also allerhöchstens, und weil da nie irgendwas passieren würde, was

Baba Sorgen machen müsste. Blödes Gefühl. Eins, das Nikos ganzes selbstmitleidiges Gelaber total bestätigt. Und mir außerdem noch mal ins Gehirn brennt, wie blöd ich mich grad verhalten habe. Wenn Baba wüsste!

Ich quetsch mich an Baba vorbei und geh ins Badezimmer. Stell mich unter die Dusche und lass das Wasser über meinen Kopf laufen, bis der Boiler leer ist und nur noch kaltes Wasser kommt. Ich schau an meinem Körper runter, der von oben bis unten mit Gänsehaut überzogen ist, schau dem Wasser zu, wie es in zwei Bächen meine Oberarme entlangläuft, irgendwo überm Bauchnabel ein breiterer Fluss wird, sich dann wieder für die Beine in mehrere Wasserfälle teilt, bevor es zwischen meinen Füßen gurgelnd im Abfluss verschwindet. Ich schau meinen Körper an, als würd er zu jemand andrem gehören. Und da fällt mir dann zum ersten Mal auf, dass es total normal für mich ist, dass mein Körper eben mein Körper ist, dass ich absolut alles mit ihm machen kann, was mir gefällt, dass er mich noch nie gestört oder behindert hat. Und dass ich ihn mag. Ja, ich mag meinen Körper echt genau so, wie er ist.

Als Nächstes denk ich natürlich an den Kuss. Klar weiß ich jetzt schon gar nicht mehr, wie das passieren konnte. War ja eine völlig unüberlegte Aktion. Vordenzugspringaktion, würde Niko mit seiner Vorliebe für komplizierte Wörter wahrscheinlich sagen. Klar, dass es jetzt erst richtig kompliziert wird. Jemand wie Niko, den küsst nicht grad jeden dritten Tag ein Mädchen. Und der macht sich schon über so was wie Kondensstreifen am Himmel Gedanken – was muss dann nach einem Kuss in seinem Kopf abgehen!

Nach dem Duschen helf ich erst mal meiner Mutter beim Kochen, um mich selber abzulenken

»Na, alles klar?«, fragt meine Mutter.

»Mhm.«

Sie guckt mich an. Ihre Wangen sind rot. Ziemlich heiß in der Küche. Das Fiese an meiner Mutter ist, dass man nie weiß, was sie denkt. Total anders als bei Baba, dem seh ich das immer sofort an. Ob sie Niko gesehen hat, als er mich gestern nach Hause gebracht hat? Keine Ahnung. Sie drückt mir ein Messer in die Hand, dann eine Paprika. »Wie war's in der Schule?«

Will sie mich ärgern, oder hat sie echt keinen Schimmer, dass grade alles durcheinander ist bei mir? Ich antworte nicht. Stattdessen schneid ich mich astrein mit dem Messer in den Daumen. »Au!«

Meine Mutter nimmt mir wortlos das Messer ab und gibt mir ein Taschentuch. »Geh schon, ich mach allein weiter.«

Manchmal glaube ich, dass ich meine Wortsparsamkeit von ihr hab. Ich hol mir ein Pflaster. Und weil ich mich sowieso nicht ablenken kann, setz ich mich hin und fang diese Liste an:

Sachen, die man besser machen kann, wenn man dick ist,
schreib ich als Überschrift, und dann schreib ich auf, was mir grade einfällt:

Schatten spenden
singen (sagt man)
umarmen?

Ich überleg hin und her. Das mit dem Umarmen ist nicht

ganz klar, weil, viele Dicke fühlen sich vermutlich mit ihrem Körper nicht grade wohl. Die stehen sicher nicht auf Berührungen, und dann ist das mit dem Umarmen auch nicht so das Richtige. Das ist ja der Grund, warum ich das nicht gemacht hab vorhin, Niko umarmt. Ich lass es trotzdem mal stehen. Dann überleg ich eine Weile weiter.

Stühle, Schaukeln und so weiter auf Stabilität testen

schreib ich, aber das streiche ich dann doch wieder durch. Zu blöd. Dann schreib ich noch

Sumoringen

und muss lachen. Ist aber kein sehr fröhliches Lachen. Dann les ich die Liste noch mal durch und muss zugeben – das sieht echt kläglich aus. Die Liste kann ich ihm so nicht geben, würd ihn wohl kaum trösten. Ich falte das Papier trotzdem und steck es in die Hosentasche, keine Ahnung, warum. Vielleicht einfach, damit ich weiter drüber nachdenke.

Am nächsten Morgen in der Schule wunder ich mich, dass nicht schon wieder fünfzehn blöde Sprüche an der Tafel stehen, aber wahrscheinlich ist heute was Neues dran. Ich weiß nur noch nicht, was. Der Platz neben meinem ist leer und im Vorbeigehen merk ich: Jan fehlt und Melinda sitzt jetzt neben Marko. Soll sie doch. Nikos Platz ist auch leer. Ich bin ein bisschen erleichtert. Heute ist anscheinend das Gegenteil von gestern dran. Keiner glotzt mich an. Genauer gesagt: Alle glotzen mich *nicht* an. Was auch wieder komisch ist, als würd ich im Vakuum schweben oder so.

»Hat jemand ein Blatt für mich?«, versuch ich es, testhalber. Keine Reaktion. »Caro, hast du ein Blatt für mich?«

Sie schaut nicht mal her. Dreht mir ihren Rücken zu, über dem ihr zu enger giftgrüner Pulli spannt. Unten ist ein Streifen weiße nackte Haut zu sehen. Egal. Ich hab keine Lust, mich auf das Spielchen einzulassen und mich jetzt total aufzuregen, ewig können die das ja auch nicht machen. Schau ich eben aus dem Fenster. Zähl die acht Schornsteine, die in der Ferne den Himmel mit ihren Rauchwolken verpesten. Die Wolken sind heller als der Himmel, dabei müsste es doch andersrum sein, dass der Rauch dunkler ist als der Himmel natürlich, weil er ja schmutziger ist, oder? Warum fällt mir heute so was auf? Vor dem grauen Himmel steht Nikos und mein Baum. Hab ich das wirklich gedacht: *Nikos und mein Baum?*

Von hinten tippt mir jemand auf die Schulter. »Ich hab eins für dich.«

»Was?« Ich dreh mich um. Lenni streckt mir ein Blatt entgegen. »Danke!« Wir lächeln uns an.

Nach der Schule beschließ ich, dass jetzt was passieren muss. Vielleicht ist es am besten, wenn man eine Vordenzugspringaktion mit einer anderen Vordenzugspringaktion ausgleicht.

Ich will wissen, warum Niko nicht in der Schule war. An dem ungewohnten Weg zu Nikos Haus hin stehen irgendwie viel zu viele Straßenlaternen. So, als hätt jemand zu viele bestellt, und dann war's ihm peinlich, das zuzugeben. Hat er sie eben alle aufstellen lassen, und jetzt stehen die da, in perfektem Austrete-Abstand. Melinda wär total aus dem Häuschen, weil sie hier ihren Rekord brechen könnte – mehr als acht Straßenlaternen austreten, bevor die erste wieder angeht. Für eine Sekunde vermisse ich Melinda total und frag mich, wie das weitergehen soll mit uns. Ob es das jetzt echt gewesen ist mit unserer Freundschaft. Und wegen was eigentlich genau das jetzt nicht mehr so ist. Weil sie auf Marko steht? Weil ich nicht auf ihn stehe? Weil ich vom Klassenausflug abgehauen bin? Weil ich angefangen hab, mit Niko zu reden? Wahrscheinlich alles zusammen. Da werd ich gleich wieder sauer und schieb den Gedanken sonst wohin.

Ich muss kurz schlucken, als ich auf Nikos Klingel drück und der Summton kommt. Ganz kurz denk ich ans Wegrennen. Aber dann drück ich gegen die Tür und steig in den dritten Stock. »Hallo, ist Niko da?«, frag ich in einen dunklen Flur rein, als ich oben bin.

Nikos Oma hat diesmal logischerweise keinen Regenmantel an, aber so was Sackartiges, was fast genauso aussieht. Sie ist mittelgroß und mitteldick, ihr Gesicht hat tausend Falten und ihre komische Riesenbrille ist gelb wie der Regenschirm. Ist vielleicht ihre Lieblingsfarbe.

»Niko duscht unglücklicherweise im Augenblick«, sagt die Oma. »Aber komm doch herein.«

Es geht ums Duschen und sie sagt »unglücklicherweise«, und da weiß ich natürlich gleich, warum Niko so spricht, wie er spricht. Wie jemand spricht, das färbt ab wie Fingerfarbe. Sieht man ja an Farid und mir.

Die Oma ist sofort irgendwo verschwunden, einfach weg. Die Wohnung sieht nicht groß aus. Drei Zimmer wahrscheinlich. Und alles ziemlich vollgestellt mit alten Holzmöbeln, oben drauf bunte Stapel Krimskrams, und dann überall Blumen in so schweren Tonkrügen. Erst als ich an einem Blumenstrauß mit blauen und gelben Blumen riech, merk ich, dass das alles Fake-Blumen sind, weil, als ich mit der Nase dran stoß, staubt es. Ich muss niesen.

Ziemlich peinlich, weil genau da die Oma wieder auf-taucht und nachschaut, wo ich bleib. »Altes Zeug«, sagt sie und lacht dabei total laut und meckernd. Das passt so was von gar nicht dazu, wie sie spricht. Ich stoß vor Schreck schon wieder irgendwo dagegen und da lacht sie gleich noch mal. Ihr komisches Kostüm flattert um sie rum wie verwelk-te Flügel. Sie streckt mir eine große Tasse hin. Schwarzen Kaffee. Trinkt Niko etwa Kaffee?

Die Oma guckt über den Rand von ihrer komischen Bril-le und winkt dazu so mit einem Finger, dass ich mitkom-men soll. Ich komm mir vor wie in einem Hexenhaus und wünsch mir, dass Niko jetzt wirklich mal aufkreuzt, damit ich das hinter mich bringen kann.

Im Wohnzimmer setz ich mich vorsichtig auf einen Sessel, aus dem auch gleich eine Staubwolke rauspufft. Ich halt mich an der Kaffeetasse fest wie an einem Rettungs-reifen. Und da seh ich dann das Foto, das auf der Kommo-de in so einem schmalen Silberrahmen aufgestellt ist. Ein Junge ist drauf, leicht schräg von vorne fotografiert, kurze blonde Haare und Zahnlücke vorn oben, die sieht man, weil er so breit grinst. Ich brauch kurz, bis ich seh, dass das Niko ist, weil der ist nicht dick. Nicht mal 'n bisschen, sondern gar nicht. Seine Augen sehen genau gleich aus wie jetzt, flaschenpostgrün mit langen, dunklen Wimpern dran. Das

Grübchen, die grade Nase, die superweich aussehenden Haare – alles da, nur alles drum rum eben wie auf halbe Breite geschrumpft. Einfach ein total normaler Junge.

»Ist er nicht ausgesprochen niedlich?«, fragt die Oma. Ist mir jetzt peinlich, dass ich so nah an das Foto rangegangen bin. »Das war im Sommerurlaub, als er acht war«, redet die Oma weiter, und ich schau vorsichtig rüber, weil ich glaub fast, die wischt sich eine Träne weg, so vor lauter Rührung oder Stolz. Schwupp ist der irre Hexeneindruck wie ausgelöscht und sie ist einfach eine Oma wie alle Omas. »Einein-halb Jahre, bevor er zu mir kam, weil seine Eltern sich trennten.«

»Seine Eltern ... getrennt?«, frage ich und schau sie völlig dumm an. »Also ... leben die noch, seine Eltern?«

»Ja, selbstverständlich«, sagt die Oma. Die schaut jetzt auch erstaunt.

In meinem Kopf klackert was, wie ein Räderwerk, klick klack, klick klack, irgendwas greift ineinander und mir wird ganz komisch davon, und ich merk, dass ich hier wegmuss, und zwar sofort. Ich steh auf und stütz mich dabei auf dem Sessel ab, da kommt gleich noch mal so eine Staubwolke raus und nebelt mich zusätzlich ein.

»Ich muss leider doch schon wieder«, sag ich und find meine Stimme plötzlich eine Oktave zu hoch. »Viele Grüße, also an Niko.«

Die Oma schaut über den Brillenrand wie ein Ganzkör-perfragezeichen, ist ja klar. Ich ergreif die Flucht und hoffe, dass ich's aus der Tür schaffe. Und zwar, bevor Niko es aus der Dusche schafft.

Ein Mädchen war da«, ruft Großmama, als ich aus der Dusche komme.

Ich ziehe mich sehr langsam an, bevor ich ins Wohnzimmer hinübergehe. »Das war Sera«, erkläre ich unnötigerweise.

Großmama sitzt auf dem Sofa, nickt und nimmt einen Schluck aus ihrer Tasse. Manchmal ärgert es mich, dass sie so wenig fragt. Ich weiß, dass andere sich ständig darüber aufregen, dass ihre Eltern sie ausfragen oder sogar ausspionieren, aber manchmal würde ich mir wünschen, Großmama wäre etwas weniger diskret. Ich weiß, dass sie darauf wartet, dass ich von alleine erzähle. Darin wiederum habe ich keinerlei Übung. Aber wer weiß, ob Little seinen aufgeregten Mund halten konnte – vielleicht hat er alles seiner Großtante erzählt, und die hat mein ganzes Sera-Abenteuer brühwarm an Großmama weitergegeben?

»Was wollte sie denn?«, frage ich.

»Darüber hat sie kein Wort verloren«, erwidert Großmama. »Und ihren Kaffee hat sie auch nicht angerührt.«

»Du hast ihr Kaffee angeboten?«

»Mhm. Das Foto allerdings interessierte sie sehr.« Sie nickt zu dem Foto von mir hinüber, ihrem Lieblingsfoto von mir.

Meine Mutter hat es gemacht, in unserem letzten Urlaub, dem allerletzten, den wir drei zusammen in Süditalien verbracht haben, meine Mutter, mein Vater und ich. Im Sommer, den ich den letzten Davor-Sommer nenne, nämlich vor der Zeit, in der meine Eltern tagelang nicht mehr miteinander sprachen und dann wieder viel zu viel und viel zu laut, sodass am Ende beiden die Köpfe zu explodieren schienen. Der dünne Junge, der mit seiner Zahnlücke schief ins Bild grinst, wusste noch nichts davon, dass ungefähr eineinhalb Jahre später seine Mutter »Ich muss hier weg!« und sein Vater »Ich muss hier auch weg!« schreien würden, und er wie unsichtbar zwischen beiden stehen und begreifen würde, dass sie vergessen hatten, dass er, der Junge, nicht weg, sondern da war, und dass er auch gar nicht wegwollte. Dieser Junge, der seitdem seine Welt in ein Davor und Danach eingeteilt hat. Davor – dort, danach – hier, davor – unbeschwert, danach – kompliziert, davor – dünn, danach – dick. Ich.

Und jetzt bin ich immer noch hier, und das Foto ist ohne Ausnahme der einzige Gegenstand aus der Davor-Zeit, der in dieser Wohnung zu finden ist, und ausgerechnet dieses Foto musste Sera bemerken, als hätte sie einen Wundepunkte-Scanner mitgebracht.

»Und was hat sie zu dem Bild gesagt?«, frage ich, weil ich bestätigt wissen will, was ich mir ohnehin denken kann.

»Nicht viel eigentlich.« Großmama schaut erst mich aufmerksam an, dann das Bild und dann wieder mich.

Ich frage mich zum ersten Mal, ob sie eigentlich sieht, was andere Leute sehen, nämlich einen wirklich dicken Jungen, oder ob sie den Niko sieht, der ich früher einmal war und der jetzt nur einige Zentimeter weiter innen versteckt scheint wie eine Raupe, die sich in einem extrageräumigen Kokon verpuppt hat, um die Winterzeit zu überstehen.

»Und dann hatte Sera es mit einem Mal gewaltig eilig«, sagt Großmama. Sie sagt es sehr sachlich, um bloß keine Bewertung zu Seras Verhalten abzugeben, nur vor Seras Namen macht sie eine winzige Pause, so als müsse sie sich erst dran gewöhnen, einen Mädchennamen auszusprechen, der irgendwie mit mir in Zusammenhang steht.

Stille schwebt zwischen uns wie viele große Seifenblasen, auf deren Platzen man lange warten muss. Neben dem Foto bemerke ich jetzt die Kaffeetasse, die Sera benutzt haben muss oder eben gerade nicht. Ich nehme sie zwischen beide Hände wie etwas Heiliges, Kostbares. Sie ist noch warm.

»Gehst du morgen wieder zur Schule?«, erkundigt sich Großmama.

Ich nehme einen großen Schluck Kaffee aus Seras Tasse und balanciere ihn auf der Zunge, obwohl ich sonst nie von Großmamas schwarzem Kaffee trinke. Beim Herunterschlucken schmeckt er bitter und kratzt im Hals.

»Nein. Doch. Ja, ich gehe.«

u Hause frag ich Farid, ob ich an den Computer kann. Er knurrt nur, aber als ich sag, dass es echt wichtig ist, lässt er mich. Ich les bestimmt zwei Stunden im Internet rum. »Für Übergewicht gibt es vielfältige Ursachen«, steht da. »Manche Kinder und Jugendliche haben eine Disposition für ein das Normalgewicht überschreitendes Gewicht«, blabla, »psychische Ursachen wie Vernachlässigung«, blabla, »Kinder, die sich zu wenig bewegen und/oder zu häufig zu fettig essen, beispielsweise Fastfood«, blablabla und so weiter. Ich lese und lese, aber alles bleibt Buchstabensalat, ich krieg es irgendwie nicht mit Niko zusammen, mit dem dünnen Niko und dem dicken Niko, mit der Elternlügengeschichte. Und mit mir.

Später schnapp ich mir alle Kissen vom Sofa und stell mich vor den großen Spiegel im Flur. Ich stopf mir ein Kissen nach dem anderen unter den Pulli und in den Hosenbund, press sie rein wie Würste, auch in die Hosenbeine und Ärmel, total blöd. Aber ich will rausfinden, wie ich aussehen würde, wenn ich dick wär. Ich geh vorwärts und rückwärts und fühl mich ein bisschen schwerfällig, aber nicht sehr. Blas noch die Backen auf und schau in mein eigenes aufgeblasenes Gesicht, als wär ich eine andere, eine dicke Sera. So muss Niko sich fühlen, wie aufgepustet, oder? Nur dass der eben nicht einfach die Luft wieder rauslassen kann.

Es gibt so Studien, für die Jugendliche zu allen möglichen Jugendlichen-Themen befragt werden. Es geht zum

Beispiel darum, wer am beliebtesten ist. Da kommt dann natürlich immer raus, dass es am allerwichtigsten ist, ob jemand lustig ist oder hilfsbereit. Dass es aber auch ziemlich wichtig ist, ob jemand gut aussieht. Unsere letzte Klassenlehrerin hat uns das erzählt, und natürlich haben dann alle gleich gesagt, stimmt doch gar nicht, ist doch total egal, wie jemand aussieht, spielt überhaupt keine Rolle und so, und dann hat irgendwer plötzlich zu Niko rübergeschaut, und dann haben alle zu Niko rüber geschaut, und dann hat keiner mehr was gesagt und unsere Klassenlehrerin auch nicht und Niko sowieso nicht. Eine Totenstille war das. Damals hab ich nicht so drüber nachgedacht, aber jetzt schon. Weil: Theoretisch ist das natürlich so was von gar nicht wichtig, wie jemand aussieht. Praktisch aber schon. Und wer was anderes sagt, der braucht einen Blindenhund.

»Soll 'n das werden?«

Ich hab zu spät gemerkt, dass Farid ins Wohnzimmer gekommen ist. Ich sag nichts. Gibt ja auch nichts zu sagen. Ich bleib so stehen, die Kissen stehen als Fettwulste von meinem Körper ab. Ich schau einfach weiter in den Spiegel statt zu meinem Bruder.

»Der Dicke, hm?«, sagt Farid, als wär damit alles gesagt. »Niko, mein ich«, korrigiert er sich, und da schau ich doch hoch. Er kommt rüber und stellt sich neben mich. Nimmt mir das letzte Kissen, das nirgends mehr reingepasst hat, aus der Hand und stopft es unter sein T-Shirt, sodass nur noch der kitschige Goldrand unten rausguckt, und wir schauen beide in den Spiegel. Farid ist total groß und total dünn, und der ausgestopfte Bauch mit dem Goldrand sieht an ihm so was von bescheuert aus, da muss ich lachen, und er auch, und dann kitzelt er mich durch und ich ziehe alle meine Fettringe raus und wir starten eine Kissenschlacht. Das haben wir echt ewig nicht gemacht.

»Klassisches Dilemma, stimmt's?«, sagt Farid, als ich ihn besiegt hab und wir zwischen den vielen Kissen, die wieder einfach nur Kissen sind, auf dem Boden liegen.

»Was denn?«

»Das mit Niko.«

Ich sag nichts, wart lieber erst mal, ob er mich verarscht. Bei Farid weiß man nie.

»Ich meine, du magst den, oder? Ihr hattet 'ne gute Zeit, der ist schlau, sogar witzig, was man so hört.« Ich frage mich, was er gehört hat. Und von wem, bitte. »Du bist gern mit dem zusammen«, redet Farid weiter. »Und dann sieht der aber eben so aus. So, dass man echt unmöglich mit dem zusammen sein kann. Eigentlich.«

Eigentlich, denk ich, was soll das denn heißen, *eigentlich?* Eigentlich kann man nicht mit dem zusammen sein, aber was ist mit wirklich?

»Musst du selber wissen«, sagt Farid. Schüttelt seine Schultern, als wär ihm kalt, so wie er's immer macht, wenn er keinen Schimmer hat, was er sagen soll. Was verdammt selten vorkommt, weil er immer zu allem eine Meinung hat, und die muss er mit seiner großen Klappe auch absolut jedem klarmachen. Ich weiß also, dass er's echt nicht weiß: was er machen würde, wenn er ich wäre.

Seit drei Jahren gehe ich in diese Klasse. Natürlich war es von Anfang an schlimm, noch schlimmer wurde es aber, als Marko kurz nach mir in die Klasse kam. Aber ich mache mir keine Illusionen: Wäre es nicht Marko, dann wäre es eben ein anderer, der seine Aggressionen an mir ausleben muss. Ich habe mich so an die ständigen Kommentare zu allem, was ich sage und tue, gewöhnt (manche laut und unverschämt, andere gewispert und nicht einmal böse gemeint), an die Blicke, die mich neugierig oder peinlich berührt begleiten, dass ich regelrecht aus dem Konzept gerate, wenn mich so wie heute Morgen keiner beachtet, als ich das Klassenzimmer betrete. Trotzdem vermeide ich schon aus Gewohnheit alle Augenpaare, während ich meinen Platz aufsuche. Ich habe einen neuen Tisch, so weiß wie eine frische Rolle Klopapier.

Ich hebe vorsichtig den Blick, einige Zentimeter nur, gerade genug, um Siri wahrzunehmen, die nervös in ihrer Tasche wühlt, und Melinda, die jetzt neben Marko sitzt und ihren Stuhl aufdringlich nahe an dessen Stuhl rangerückt hat. Ich kann in den Bund ihrer knapp sitzenden Jeans gucken und den Ansatz ihrer Poritze sehen.

Die Ruhe im Klassenzimmer ist fast schon gespenstisch. Sera sitzt schräg vor mir alleine an ihrem Tisch, sie guckt starr aus dem Fenster. Wenn sie noch eine Weile so dasitzt, tut ihr spätestens in der Mittagspause der Nacken weh.

Ich gebe es bereits nach wenigen Minuten auf, ihren Blick einzufangen, um womöglich zu erahnen, warum sie gestern bei mir zu Hause war. Falls sie jemals Interesse an mir hatte, hat sich das offenbar erledigt. Ein paar Minuten später fängt das mit den Zetteln an. Sie werden massenweise durch die Reihen gereicht, mich wie immer überspringend, aber es geht diesmal offenbar nicht um mich. Jedes Mal, wenn jemand einen Zettel liest, schaut er grinsend zu Sera hinüber.

Der Mittwoch ist der schlimmste Tag der Woche, denn wir haben Sport. Selbst wenn ich das gemeinsame Umziehen durch meinen Zeitlupenweg zur Sporthalle meistens vermeiden kann, kann ich mich nicht davor drücken, Fußball, Handball und Bodenturnen als Teil meines Alltags zu akzeptieren. Das Schlimmste, was passieren kann, ist Geräteturnen, und vielleicht ist das der Grund, weshalb heute keiner sich die Mühe gemacht hat, mich zu belästigen, denn genau das ist heute an der Reihe. Da sind wirklich alle zusätzlichen Schikanen schlicht überflüssig.

Wie immer sind die Sprunggeräte als Parcours aufgebaut, von einfach über mittelschwierig bis zu schwierig, ganz hinten steht der höchste Kasten, ganz vorne das kleinste Pferd, und daneben steht Herr Lardo, jedenfalls dann, wenn ich an der Reihe bin, und schiebt möglichst unauffällig mit seinem linken Fuß eins dieser Schwungbretter vor das Pferd, die alle anderen höchstens beim letzten Gerät brauchen. Herr Lardo ist jung und nett und cool, und er duldet keine offene Schikane in seinem Sportunterricht, aber Schikane ist sowieso am wirksamsten, wenn sie ausschließlich derjenige mitbekommt, der gemeint ist.

Herr Lardo wartet, die Hände an der Seite des Pferdes und die Stirn gerunzelt, darauf, mich gleich über dieses Pferd zu bugsieren. Direkt hinter ihm sind alle Jungs meiner Klasse versammelt, Jan und Marko in vorderster Reihe, dahinter Lenni und Benno und Kevin, dahinter der Rest, und in dem Moment, als ich losrenne, so schnell ich eben rennen kann, heben alle genau gleichzeitig ihre T-Shirts an und wischen sich damit demonstrativ den nicht vorhandenen Schweiß von der Stirn, sodass ihre nackten Bäuche zu sehen sind.

Ich fliege in Zeitlupe auf das Pferd zu, bremse knapp davor viel zu sehr ab, mache einen großen Schritt auf das Schwungbrett, und das Schwungbrett katapultiert mich mit einem dumpfen Doppellaut, der klingt wie »So-dumm«, geschätzte zwei Zentimeter nach oben, bevor ich mit einem einfachen Knall vorne gegen das Pferd krache und zwölf Jungen ihr T-Shirt mit einer Hand vor dem Bauch flattern lassen. Alle bis auf einen. Lenni guckt mir ins Gesicht, und seine Stirn zeigt dasselbe Runzeln wie das von Herrn Lardo, der sich mit der flachen Hand durch die Haare fährt.

»Okay, Nikolaus«, sagt Herr Lardo. »Noch mal.«

Ich verlasse die feuchtwarme Atmosphäre der Umkleide mit ihrem Geruch nach Schweiß und stinkenden Socken, ohne mich umzuziehen. Kurz bleibe ich unter Seras Kletterbaum stehen. Ich schaue hoch zu dem Ast, auf dem ich vor zwei Tagen mit Sera saß. Er ist höher, als ich ihn in Erinnerung hatte, und ich kann mir kaum noch vorstellen, wie ich dort hinaufgekommen sein soll. Mein Blick wandert den Stamm hinab bis auf meine Augenhöhe. Jemand hat etwas Neues in die Rinde geritzt. In eckigen, hellen Buchstaben steht dort jetzt: *Panzer-Trainingsbaum*. Natürlich, Caro.

Ich weiß nicht, warum mich das plötzlich mehr verletzt als

die ganzen anderen Kommentare und Attacken. Als wäre ich es nicht mehr gewöhnt. Ich wünsche mir mit einem Mal, dass ich nie auf den Baum geklettert wäre. Dass ich nicht mit Sera getanzt hätte. Hätte ich doch einfach weggeschaut, als Marko Sera begrapscht hat. Alles wäre genauso geblieben, wie es war. Es war doch alles okay in meinem Leben, bevor ich angefangen habe, mir vorzustellen, dass es anders werden könnte – wegen Sera.

»Warte mal!«, ruft jemand hinter mir.

Widerwillig drehe ich mich um. Es ist Lenni, der, ebenfalls noch in Sportklamotten, neben mir stehen bleibt. Er ist ein bisschen außer Atem und seine blonden, etwas zu langen Haare fallen ihm ins Gesicht.

»Hab ich was vergessen?«, frage ich gequält.

Lenni übergeht meine Frage einfach. »Ich hab euch gesehen, Sera und dich.« Jetzt schaue ich fragend zurück. »Als ihr abgehauen seid, meine ich.« Lenni war das also hinter dem Vorhang.

»Und warum hast du Frau Mast nichts gesagt?«

Er zuckt nur die Schultern. »Ich wär wahrscheinlich auch abgehauen«, sagt er.

Ich nicke. War das alles?

Er bleibt stehen und zupft an seiner Jacke herum, schließlich greift er in die Tasche und holt eine Packung Pfefferminzbonbons heraus. »Magst du auch?« Ich schüttele den Kopf.

»Ich wollt dir eigentlich nur sagen, dass ich das scheiße find, was die anderen da abziehen«, sagt er. Sein Blick fällt hinter mich auf den frisch verzierten Baumstamm. Lenni verdreht die Augen. »Ich find das schon lange scheiße«, fügt er hinzu.

Ich weiß nicht, was ich sagen soll. Wenn Lenni hier stehen

bleibt, bis die anderen aus der Sporthalle kommen, können wir uns morgen schon zu dritt mobben lassen.

Ich muss lachen und Lenni sieht mich etwas irritiert an. »Finde ich grundsätzlich hilfreich«, sage ich. »Aber hast du das auch schon mit Marko abgeklärt?«

»Marko ist ein Arschloch«, sagt Lenni und nickt mir zu, bevor er weitergeht.

Ich mache mich direkt von der Schule aus auf den Weg zum Schillerpark: Mittwochs treffe ich mich dort immer mit Little auf unserer Lieblingsparkbank, um den Sportunterricht wieder auszugleichen. Sie steht seit eh und je verrostet und schief am Eingang zum Park, und wie durch ein Wunder ist sie nie besetzt, sondern scheint auf uns zu warten, als sei sie für andere Passanten unsichtbar.

Plötzlich habe ich eine ganz irrationale Sehnsucht nach Little, und auch, wenn ich nicht weiß, wie ich ihn davon abbringen soll, mir wieder mit seinen Ratschlägen auf die Nerven zu gehen, bin ich diesmal fest entschlossen, mit ihm nicht über die Realität zu reden, in der jemand wie Sera sogar vor einem Foto von mir davonrennt. Heute scheint mir genau die richtige Gelegenheit für einen von Littles hypothetischen Dialogen.

Ich sehe es schon von Weitem. Little sitzt auf unserer Bank, aber er ist nicht alleine! Neben ihm sitzt Sera und wickelt völlig synchron mit jedem Zeigefinger zu beiden Seiten ihres Gesichts eine lange Haarsträhne auf, während Little auf sie einredet. Er zappelt aufgeregt mit den Beinen, beugt sich zu ihr herüber. Ich kann nicht hören, was er sagt, ich sehe nur, wie Sera nickt, etwas sagt und wieder nickt, und dann lässt sie gleichzeitig beide Haarsträhnen los, die sich zurück auf ihre schmalen Schultern schlängeln, und zieht die Füße zu sich heran, und ich kann erkennen, wie Little sie ansieht, mit exakt demselben Gesichtsausdruck wie dieser Tankstellenjunge: diese atemlose und entrückte Bewunderung, mit der wahrscheinlich jeder Junge Sera ansieht, der sich auch nur die geringste Chance bei ihr ausrechnet – jeder Junge außer mir.

Ich halte abrupt an und denke mir alles Weitere: Little hat Erfahrung mit Mädchen. Er ist spontan und schlagfertig. Er ist einer, der etwas wagt, ohne sich zu verbiegen. Einer, der ein Mädchen küsst, ohne dass es den Kuss nachher bereuen muss. Bevor mich beide bemerken, drehe ich um und gehe, ohne mich noch einmal umzusehen, auf demselben Weg zurück, auf dem ich gekommen bin.

Hilf mir mal auf die Sprünge«, sagt Little. »Was genau willst du von mir?«

»He, *du* hast *mich* angesprochen«, sag ich. Was stimmt. War nur Zufall, dass ich heute den Umweg genommen hab. Kann ja nicht wissen, dass da dieser Little rumlungert und nur drauf wartet, mich anzusprechen. Anzuspringen sozusagen, weil, irgendwas scheint mit dem nicht zu stimmen, so nervös, wie der ist. Springt ständig auf und setzt sich wieder hin. Als wär er auf Drogen. »Hi, ich bin Little«, hat er gesagt und mir seine Hand quasi ins Gesicht geschleudert. Total unfair, weil er wusste, wer ich bin, andersrum aber nicht. »Nikos bester Freund«, hat er hinzugefügt, und sofort hab ich mir überlegt, wie das bitte gehen soll, dieser komische Hüpfer da und Niko. Mir war sofort klar, dass der alles weiß, über den Notfallabhauplan, über die Baumkletteraktion, über den Kuss. Hab ich an seinem Blick gesehen. Ich hab mich wahrscheinlich nur drauf eingelassen, mich zu ihm auf die vergammelte Bank zu setzen, weil ich grade sowieso nicht mehr weiß, wo oben und unten ist.

»Egal. Viel wichtiger ist ja, was willst du von Niko?«, fragt Little jetzt.

Seine Stimme ist irgendwie piepsig, nicht so schön wie Nikos. Ich puste meine Backen auf und starre gradeaus. Keine Ahnung, was ich darauf jetzt antworten soll, echt. Und warum gerade dem?

»Ich mach dir einen Vorschlag: Wir führen einen hypothetischen Dialog.«

»Was?«

»Einen hy-po-the-tisch-en Dialog. Das ist das, was ich sonst mit Niko mittwochs hier mache.«

»Aha.« Ich hab keine Lust, noch mal nachzuhaken.

»Wir reden über unrealistische Dinge«, erklärt der jetzt. »Wir tun so, als ob alles anders wäre, als es in Wirklichkeit ist. Was-wäre-wenn-Gespräche.«

»Und wem macht's mehr Spaß? Sicher Niko, oder?«

Er schaut mich so komisch von der Seite an. Als würd er mich scannen, von oben bis unten, wie die das am Flughafen machen. »Wieso?«, fragt er. Ich hasse es, wenn Leute sich dümmer stellen, als sie sind. »Keine Ahnung, wie deine Realität aussieht, aber wie Nikos Realität aussieht, weiß ich. So beschissen kann deine gar nicht sein.«

»Oha. Du gehörst zu den ganz Direkten, wie?«

Er glotzt immer noch. Das nervt langsam. »Mhm«, murmel ich deshalb nur.

»Ignorier jetzt mal alle Probleme und zähl auf, was du an Niko gut findest.«

»Was?«

»Hypothetischer Dialog«, erinnert er mich. »Fang mit dem Erscheinungsbild an.« Jetzt glotz zur Abwechslung ich, weil ich nicht weiß, ob der das jetzt wirklich ernst meint. »Was findest du an Niko schön?« Er sagt das fast so gedehnt wie Marko oder neuerdings auch Melinda.

»Seine Augen«, sag ich aber, ohne lang zu überlegen. Immerhin geht es hier um Niko, und ich weiß leider, dass ich ihm was schuldig bin. Dass dieser Little ihm alles, was ich hier sag, brühwarm erzählen wird, ist ja klar. Wenn ich jetzt wieder einfach abhaue, dann kommt das bei Niko als endgültiger Bauchkick an.

»Seine Wimpern«, mach ich also weiter. »Schöne Hände hat er auch. Und das Grübchen«, fällt mir noch ein. Immerhin: Ist alles nicht gelogen. Und tausendmal leichter, als wenn ich's Niko direkt sagen müsste.

»Welches Grübchen?«

»Das neben dem Mund.«

»Ist mir noch nie aufgefallen«, gibt er zu.

»War 'n die Dialoge wohl zu hypothetisch, um die Wirklichkeit zu bemerken.«

Er muss lachen: »Ein Punkt für dich.«

Ich frag mich, was Niko dem schon alles über mich erzählt hat. Wahrscheinlich absolut alles. Jedenfalls alles, was er über mich weiß. Ist das jetzt viel oder wenig?

»Ist gar nicht so einfach, mit Niko über die Wirklichkeit zu sprechen«, unterbricht Little seine Ausfragerei. »Ursprünglich war das meine Idee mit den hypothetischen Dialogen, aber später war er das, der dran festgehalten hat. Wahrscheinlich hast du recht, Nikos wirkliches Leben ist nicht besonders witzig.«

Little hat aufgehört, mich anzustarren, und kratzt mit seinen spitzen Fingern nervös am morschen Holz der Bank rum, bis er olivgrüne Ränder unter den Fingernägeln hat. Mir fällt dieses Spiel ein: »Wenn er ein Tier wäre, wäre er …« Wenn dieser Little ein Tier wär, wär er ein Grashüpfer. Und Niko? Er selber würd sich als Nilpferd bezeichnen, so wie er sich immer auf die Schippe nimmt. Ich muss an den Schaukelabsturz denken.

»Fett sein ist zwar nicht besonders witzig, aber das heißt nicht, dass alles, was man erlebt, unwitzig sein muss«, zitier ich Niko, und jetzt glotzt Little wieder. »Sagt Niko«, füg ich mit einem Schulterzucken hinzu. Little grinst.

»Er ist manchmal so witzig, dass ich mir fast in die Hose mache. Die ganze Traurigkeit, die er mit sich rumträgt, kann er wirklich gut verbergen.«

Vielleicht ist der doch nicht nur nervig. »Glaubst du, dass er traurig ist?«, frag ich.

»Glaubst du, dass du das ändern kannst?«, fragt er zurück.

Ist das erste Mal, dass er mich normal anschaut, ohne Starren, ohne Rumgewippe, und natürlich kapier ich genau, was hier läuft: Little und ich, wir reden über Sachen, über die eigentlich Niko und ich reden müssten. Little fragt das, was Niko fragen müsste. Ich schau weg.

»Ist 'ne ziemlich große Aufgabe«, sagt Little leise.

»Und du?«, frag ich. Immerhin ist er Nikos bester Freund.

»Ich kann dir nicht helfen, du musst schon selber wissen, was du willst.« Sein Blick ist immer noch in mir festgehakt. »Aber eins sag ich dir: Wenn du mit Niko zusammen sein willst, dann mach es richtig, nicht so mit Ignorieren in der Schule und Nachmittags dann geheime Treffen wie Romeo und Julia, keiner darf es wissen und solche Sachen. Das packt er nicht.« Er macht eine Pause. »Und außerdem ist er dafür echt zu schade.«

Ich schau hoch und guck in sein spitziges Gesicht. Und

da weiß ich, dass Niko seine X-Beine und sein Nilpferd-bauch eigentlich total egal sein können, solang er solche Freunde hat.

Dann steh ich auf, weil es im Moment einfach absolut gar nichts mehr zu sagen gibt. Ich nick ihm zu, und er nickt zurück, mit so einem kleinen schiefen Lachen, das nur die Hälfte vom Gesicht einigermaßen erwischt. Als ich schon mindestens zwanzig Schritte weiter bin und mich noch mal umdreh, da seh ich, wie er aufsteht und davonhüpft. Also wirklich hüpft, mit hochgezogenen Knien von einem Bein zum anderen, so wie das sonst nur Kindergartenkinder ma-chen.

sman ist nicht da, was ein unglücklicher Zufall ist, denn er wohnt sozusagen in seiner Werkstatt, und es kommt fast nie vor, dass er nicht da ist. Aber genau jetzt, da ich ihn besonders dringend brauche, ist er nirgends zu sehen. Ich brauche Osman, weil ich ihm sagen will, dass ich jetzt eventuell doch weiß, ob ich mich verliebt habe. Ich brauche ihn, weil ich ihn fragen will, ob ihm schon mal ein Freund ein Mädchen weggeschnappt hat, das er sowieso niemals hätte erobern können. Weshalb von Wegschnappen keine Rede sein kann und das eiskalte Gefühl, das sich deshalb als dünnes Band um das eigene gut gepolsterte Herz legt, einem auch noch ungerechtfertigt vorkommt.

Aber Osman ist nicht da. Da das Garagentor zur Werkstatt offen steht, bleibe ich trotzdem und setze mich, an die Tür gelehnt, auf den kühlen Boden der Einfahrt und warte darauf, dass er wiederkommt, und so habe ich Zeit zu beobachten, wie mein eigener Schatten sich schräg vor mir zentimeterweise ausdehnt, größer wird, mir sozusagen einen verzerrten Blick in die Zukunft gewährt, in der mein Körper sich genau auf diese langsame, aber kontinuierliche Weise weiter ausdehnen wird, bis ich aussehe wie Osman und später wie ein Nilpferd und noch später wie ein halbwüchsiger Buckelwal. Denn es ist abzusehen, dass mein Körper zusätzliches Fett ansammeln wird, wie ein Baum Jahresringe sammelt.

Ja, ich würde das gerne ändern. Ich würde gerne diese schicksalhafte Logik aushebeln und den Schatten kleiner werden sehen, mit jedem Tag, jeder Woche, jedem Monat. Jemand müsste mich aus der Gefangenschaft in diesem unförmigen Körper herausschälen, so wie man an einer alten Kartoffel nicht nur die Schale, sondern auch die gummiartig weich gewordene äußere Hälfte ihres Körpers wegschält, bis das noch frische Innere zum Vorschein kommt. Mit dem Körperschäler würde das kein bisschen schmerzen, man könnte mich schälen und schälen, bis ich ganz normal aussehe, bis sich niemand mehr nach mir umdreht oder jedenfalls nur noch dann, wenn ich gerade etwas Außergewöhnliches tue.

Ich schließe die Augen und versuche mir das vorzustellen, wie anders alles sein könnte, wenn ich anders wäre, und ich stelle fest, dass ich schon seit Ewigkeiten nicht mehr darüber nachgedacht habe.

Ist es nicht seltsam, dass ich eine exakte Skizze eines Sprunganzugs anfertigen kann und gleichzeitig nicht annähernd ein Bild von meinem dünneren Ich vor Augen habe? Früher hatte ich das. Wann war das letzte Mal, dass ich über mein Spiegelbild erschrocken bin? Ist dieses andere mögliche Ich so weit von der Wirklichkeit entfernt, dass mir die Erfindung einer irrationalen Maschine inzwischen normaler vorkommt? Irgendwann steht man vor dem Spiegel und erschrickt, weil man anders aussieht als das Bild, das man von sich hat, wenn man gerade nicht vor dem Spiegel steht.

Natürlich hat es irgendwie mit meinen Eltern zu tun, aber darüber denke ich möglichst wenig nach, und Großmama ist glücklicherweise ein Mensch, der auf solchen Äußerlichkeiten nicht gerade herumreitet. Sie hat das Ganze nie thematisiert, obwohl ich schon dick war, als ich zu ihr kam, denn das ist das

Einzige, was ich sicher weiß: Da, wo ich jetzt bin, war ich schon immer der Dicke, der Fette, der Walfisch, der Panzer.

Ich sitze immer noch am Boden und atme tief ein, mein Bauch drückt gegen meine aufgestellten Oberschenkel. Diese Berührung und der Geruch der ersten gefallenen Kastanienblätter aus dem Park, der sich mit dem metallenen Werkstattgeruch vermischt, katapultiert mich zurück ins Hier und Jetzt.

Ich höre klappernde Schritte auf Asphalt und öffne die Augen. Statt Osman kommt Sera die Straße herunter. Anmutig setzt sie einen Fuß genau vor den anderen wie eine Seiltänzerin, hier und da verursachen ihre Schritte zwischen dem Klappern ein leises Knistern, wenn sie auf ein trockenes Blatt tritt. Sie geht mit gesenktem Kopf und sieht nicht besonders glücklich aus. Sie sieht nicht aus, als hätte Little sie geküsst. Kurz bevor sie in der Straßenkurve an mir vorbeiläuft, hebt sie den Kopf, entdeckt mich und schenkt mir, vermutlich aus purer Überrumpelung, den allerersten Blick, seitdem sie mich geküsst hat.

Da ist so eine Autowerkstatt gleich neben dem Park. So winzig, die sieht so aus, als würde gar kein Auto durch die enge Auffahrt passen. Das rostige Schild drüber kann auch keiner mehr lesen, aber die Garage ist offen, und drinnen steht ein rotes Auto, ein normales, das offenbar doch durchgepasst hat. Daneben ist eine Milchglastür, und vor der Milchglastür sitzt Niko.

Ich bleib stehen, als ich den seh, natürlich hat er mich längst entdeckt. Da steh ich jetzt also, und ich hab so was von keine Ahnung, wie es weitergehen soll, auch nicht nach dem Gespräch mit Little. Erst recht nicht. Ich fühl mich wie mit tausend frisch gekauten Kaugummis auf der Straße festgeklebt, komm nicht vorwärts und nicht rückwärts.

Niko macht es mir auch nicht grad leichter, sein Blick hängt mir im Gesicht wie eine Klette. Irgendwann lös ich meine Füße aus den imaginären Kaugummis und schleich langsam auf Niko zu. Kurz vor der Milchglastür knicken mir fast die Beine ein, und bevor ich es mir anders überlegen kann, setz ich mich einfach neben ihn.

Und da sitzen wir dann nebeneinander, zehn Zentimeter Abstand, eine Minute, zwei, drei, und keiner von uns beiden sagt was. Irgendwie ist klar, dass dieser Freeze sich nur durch irgendein Extraelement auflösen kann, das von außen in dieses Experiment reingeworfen wird. Und so ist es dann auch.

Ein Typ schlurft direkt auf uns zu, superlangsam.

Schneller kann er auch nicht, obwohl man schon von Weitem sieht, dass er hierher will. Aber er ist unglaublich fett. Also absolut unfassbar überdimensional fett, und er füllt quasi die gesamte Auffahrt aus. Außerdem schaut er zwischen Niko und mir hin und her, hin und her, wie eine Katze, die ein Tischtennisturnier verfolgt. Vor uns bleibt er stehen. Schnauft.

»Limo?«, fragt er.

»Ja«, sag ich ohne Nachdenken.

»Ja, bitte«, sagt Niko exakt gleichzeitig.

Der Typ schlurft durch das Garagentor in die Werkstatt und Niko schaut ihm hinterher. »Das ist Osman«, sagt er. Dann guckt er mich an. Ich guck zurück. In kitschigen Filmen kommt in so einem Moment ein Lächeln, Großaufnahme, zweites Lächeln, Großaufnahme. Dann ein Kuss. Kitschig ist hier aber mal gar nichts. Wir sind ja auch nicht im Film. Osman kommt wieder rausgeschlurft, reicht jedem von uns eine eiskalte Colaflasche und grinst.

»Osman nennt alles, was man trinken kann, Limo«, erklärt Niko, und da kommt es dann doch, das Lächeln, keine Ahnung, wieso, irgendwie muss sich so eine Spannung eben doch entladen, und wenn es nur bei so was Mittelwitzigem ist wie, dass jemand alle Getränke Limo nennt. Das Lächeln quetscht sich in mir nach oben wie was Verschüttetes. Niko lächelt vorsichtig zurück. Seine Mädchenwimpern zittern. Kein Kuss, klar. Den haben wir ja schon hinter uns. Dieser Osman verschwindet geräuschlos nach drinnen.

Ich nehm einen Schluck Cola. »Warum hast du das gesagt, dass deine Eltern tot sind?«

»Hab ich das?«

»Ja!«

»Ist ja auch fast so. Ich seh sie nicht gerade häufig, und wenn, dann ist das inzwischen eher so wie ein Besuch von Fremden.«

Ich muss schlucken, weil, mir Baba als Fremden vorzustellen, das geht einfach nicht. Und dass ich ihn nicht jeden Tag seh, auch nicht.

»Und manchmal, da denke ich einfach, es wäre vielleicht besser, wenn sie ...«

»Wenn sie tot wären?« Um die Frage kommt er jetzt nicht rum. Und dass ich das krass find, ist auch logisch. Wer bitte würde das nicht krass finden?

»Dann müsste ich mir jedenfalls keine Gedanken machen, warum sie mich bei meiner Großmutter gelassen haben, als sie sich getrennt haben.«

»Wo sind sie denn?«, frag ich.

»Ach, beide im Ausland. Arbeiten viel. Wäre ja wohl auch nichts für mich, dabei zu sein.«

So erklärt der sich das seit Jahren. Ich schau ihn an. Sein Gesicht, seinen Bauch, seine Beine, die jetzt ohne X vor ihm auf dem Boden ausgestreckt sind. Ich hab mich schon dran gewöhnt, dass sie so ein bisschen über den Boden fließen wie warm gewordener Teig. Denk mir trotzdem meinen Teil: Auf dem Foto sah Niko total normal aus. Jetzt nicht mehr. Dazwischen sind seine Eltern abgehauen, zack, weg, abgetaucht. Und Niko: abgeschoben. Abgeladen bei der Oma, weil's einfacher war. Aber nicht für ihn. Hat er also angefangen, sich einen Panzer zuzulegen. Fettkostümpanzer. Komische Art, damit klarzukommen, macht ja alles nur noch schlimmer. Jetzt starre ich, logisch. Seine Haare sehen wieder so weich aus. Ich würd sie gern anfassen. Genau jetzt. Mach ich aber natürlich nicht.

»Was schaust du mich so an?«, fragt er.

Ich sag lieber nichts. Aber gucken, ja. Kann nicht anders.

»Was, Sera?« Jetzt klingt er genervt, hab ich noch nie erlebt.

»Na ja. Ich frag mich, also, ich frag mich eben, ob du, ob du so bist wegen deinen Eltern. Weil die einfach, also ... abgehauen sind.«

»Ob ich so bin, aha. Ob ich was bin, so fett?«

Ich schau weg. Schau wieder hin. Seh, wie seine Wimpern noch mehr flackern als vorhin. Und die Augen, die sehen noch grüner aus als sonst. Total schön, seine Augen, und ich wünsch mir genau jetzt für ihn, dass das mehr Leute bemerken könnten, dass der so schöne Augen hat. Dass alle das bemerken würden, wirklich alle Leute.

»Es ist doch egal, warum ich fett bin, Sera, oder? Scheißegal. Entscheidend ist, dass ich es bin.«

Ist das erste Mal, dass ich den ein Schimpfwort benutzen hör. Das allererste Mal, echt.

»Aber das kannst du doch ändern«, sag ich so leise, dass ich nicht weiß, ob er's überhaupt gehört hat. Ich schau nicht zu ihm rüber, aber ich spür, dass irgendwas anders wird neben mir, irgend so eine Luftveränderung um ihn rum, die mich auch streift.

»Will ich das?«, fragt er. Und ich weiß nicht, fragt der jetzt mich oder nur sich selber?

»Ich hätte gerne, dass alles bleiben kann, wie es ist. Dass ich bleiben kann, wie ich bin, und dass es trotzdem besser wird für mich. Verstehst du?«

Er schaut mir ins Gesicht mit seinen flaschenpostgrünen Augen und plötzlich seh ich für einen kurzen Moment den kleinen Jungen von dem Foto. Wie so eine Vision, als hätt jemand einfach alles, was seitdem dazugekommen ist an seinem Gesicht, schnell wegradiert.

»Muss ich unbedingt anders werden, damit es besser wird, Sera?«, fragt er noch mal, und jetzt ist auch klar, dass er mich meint mit der Frage.

Ich sag erst mal gar nichts, sondern lass die Frage sacken. Ich denk an den Kletterpark und an den Schaukelabsturz, an unsere Baumkletteraktion und an den Kondensstreifen-Einsammler, und dann fällt mir meine blöde Liste ein mit Sachen, die man besser machen kann, wenn man dick ist. Und ich merke, dass ich mir da irgendwie die falsche Frage gestellt hab. Es geht ja gar nicht um irgendwelche Dicken. Es geht um Niko.

Und dann weiß ich, was ich finde, aber ich sprech es nicht aus: Ich find es gleichzeitig ziemlich komisch und ziemlich richtig und ziemlich bescheuert und ziemlich mutig, dass er bleiben will, wie er ist, und trotzdem echt und wirklich glücklich werden will.

ch sehe Sera nach, wie sie in der Kurve verschwindet, wie sie dabei ganz nah an der Straße auf dem äußersten Rand des Gehsteigs einen Fuß vor den anderen setzt, gleichmäßig, anmutig, leicht, und sich nicht umdreht. Kurz bevor sie aus meinem Sichtfeld verschwindet, stolpert sie vom Gehsteig auf die Fahrbahn und fängt sich federnd in den Knien ab, schaut dabei doch ganz kurz über ihre Schulter, kneift die Augen gegen die Sonne zusammen und lächelt.

»Sie mag dich.« Osman ist hinter mir stehen geblieben. »Echt, Mann«, fügt er hinzu, als ich nichts erwidere. Es klingt ein wenig so, als würde er sich über das wundern, was er da behauptet.

Ich sage immer noch nichts, ich sitze. Ich fühle mich wie der Wolf im Märchen, dem man im Schlaf sieben Wackersteine in den Bauch geschmuggelt hat, als hätte mich Sera mit ihren Fragen schwerer gemacht, noch schwerer, als ich sowieso schon bin, schwerer als jemals zuvor.

Oder macht es mich schwer, dass ich nicht ehrlich war? Dass ich ihr nicht gesagt habe, wie oft ich mir das ausmale – anders zu sein? Ich schiebe die winzigen Metallspäne, die um mich herum auf dem Boden verstreut sind, zu kleinen silbrig glänzenden Häufchen zusammen und bemerke Little erst, als Osman die Hand hebt und »Hi!« ruft.

Wenn Little von dort kommt, wo auch Sera hergekommen ist, muss er noch ziemlich lange auf der Bank gesessen haben. Hat er da mit sich selbst gesprochen? Sich überlegt, wie er mir erklären kann, was er mit ihr geredet hat? Wie viel er mir davon erzählen soll?

Als er sich neben mich sinken lässt, genau dorthin, wo wenige Minuten zuvor Sera saß, stützt Little sich auf meiner Schulter ab. Ich ziehe sie unwillkürlich ein. Little scheint es nicht zu bemerken. Ungefragt nimmt er mir die Cola aus der Hand und trinkt sie in einem Zug leer. Dann haut er mir mit seiner kantigen linken Hand auf den Oberschenkel, so fest, dass ich zusammenzucke.

»Sie mag dich«, sagt auch Little. Und bei ihm hört es sich weder verwundert noch neidisch an, sondern klar und überzeugt, zum Bersten zufrieden.

Abgesehen von der Klassenfahrt ist das Schulfest das Jahreshighlight, und dass beide Highlights dieses Jahr so kurz nacheinander kommen, macht das Ganze noch aufregender. Für mich aber nicht. Es könnt keinen beschisseneren Termin dafür geben als grade jetzt. Ich bin immer noch im Krieg mit meiner Klasse. Oder jedenfalls so was Ähnliches. Gott sei Dank ist Farid auch da.

Das Schulfest ist immer auf der großen Wiese hinterm Schulhaus. Da sind dann lauter so kleine Buden aufgebaut, jede Klasse macht da irgendwas, was sich zwei oder drei Leute aus der Klasse ausgedacht haben. Meistens reißt sich keiner drum, und ich geb zu, dass ich dieses Jahr überhaupt nichts davon mitgekriegt hab, deswegen muss ich erst mal suchen, wo zwischen den Pommesständen und Dosenwurf-Buden unser Stand ist.

Ich brauch ziemlich lang, weil es nämlich nur so eine Art Arena gibt, eine runde Plastikplane, die auf dem Rasen liegt, und drum herum ist so ein goldenes Seil gespannt, wie bei einem Boxring. Marko und Melinda stehen davor, sie hat den Arm um seine Hüfte gelegt und wirft sich alle zehn Sekunden ihre Haare aus dem Gesicht, die Marko volle Breitseite treffen. Vor den beiden liegt ein riesiger Haufen aus buntem Schaumstoff.

»Sachen, die man besser machen kann, wenn man dick ist«, kreischt Melinda sofort total hysterisch, als sie mich sieht, und hält dabei meine zerknüllte Liste hoch.

»Sumoringen!« Ihre Stimme kippt nach oben weg. Das ist genau der Moment, in dem ich mich endgültig frage, warum ich Melinda nicht schon immer unterirdisch bescheuert fand.

Langsam versammeln sich ziemlich viele Leute um den Ring, weil, klar ist das hier tausendmal interessanter als ein Pommesstand.

»Wer will kämpfen?«, schreit Melinda jetzt in das Mikrofon, das sie plötzlich in der Hand hält. Mit der anderen hält sie sich immer noch verkrampft an Markos Hüfte fest. Der hat da sicher schon blaue Flecken.

Ich versteh das Prinzip erst, als Caro und Siri sich in die bunten Schaumstoffkostüme mit den großen wulstigen Armen und Beinen reinwühlen: Das ist Pseudofett. Dann soll man gegeneinander kämpfen, und die Dinger sind natürlich so gemacht, dass man sich fast gar nicht bewegen kann. Wie Sumoringer eben. Caro und Siri fallen dauernd um und lachen sich tot, statt weiterzukämpfen.

»Wir haben gedacht, wir machen einem unserer Mitschüler mal eine Freude«, ruft jetzt Marko ins Mikro. »Nikolaus!«, brüllt er dann. »Komm doch mal her!«

»Oh Mann«, stöhnt Farid neben mir. »Geht das immer so bei euch?«

ch weiß, dass ich das eigentlich nicht muss. Nicht reagieren, nicht in dieser für alle außer für mich spannenden Zeitlupe auf Marko und Melinda zugehen, nicht die winzigen Tränen wegblinzeln, die sich in meine Augenwinkel gestohlen haben. Müsste nicht an Sera und ihrem Bruder vorbeischleichen, ohne sie anzuschauen, weil ich weiß, dass ich nur so einen exponentiellen Anstieg der Tränen vermeiden kann, nicht neben die kleine, Falten schlagende, kreisrunde Plastikplane treten, die mich mit ihrem leuchtenden Türkis erwartet wie die schlechte Parodie eines Südseetraums. Müsste nicht zu Marko sagen: »Hier bin ich.«

Aber es ist wahrscheinlich so ähnlich wie mit der Arschbombe oder wie mit Seras Rettung vor Marko oder vielleicht auch mit Seras Kuss: Manche Dinge tut man einfach wie im Traum, und weiß nicht, wie man dorthin gekommen ist, wo man steht. Ich stehe jetzt nämlich vor Marko, schaue auf den Boden statt in sein Gesicht, und in meinem Kopf ist nichts als Leere.

Ich habe keine Angst und keinen Mut, ich habe keine Supernikobrause, keinen Kondensstreifen-Einsammler und keinen Lachdecodierer. Letzteren braucht hier natürlich auch kein Mensch.

Grinsend hält mir Jan ein gelbes Schaumstoffungetüm entgegen. Das Fettkostüm baumelt schlaff von seinem Arm wie eine soeben geborgene Wasserleiche. Oder wie eine ins Lächerliche gezogene Version meines Sprunganzugs.

»Ach was. Der kann doch so mitmachen.« Melindas Stimme

überschlägt sich vor lauter Kichern und Jan wirft sofort den Fettanzug zur Seite.

»Weil du es bist, kannst du dir deinen Gegner selbst aussuchen, Niiikooolaus«, krakeelt Marko jetzt ins Mikrofon, wobei er meinen Namen so gedehnt ausspricht, als wäre der allein schon wert, dass man sich darüber in die Hose pinkelt vor Lachen.

Mit einem Mal spüre ich Wut in mir hochsteigen, keine heiße, unkontrollierte Wut, sondern ein kaltes, ruhiges Gefühl, das in der Leere, die mich eben noch ausgefüllt hat, Platz hat, sich auszudehnen, und das mich bald von innen ausfüllt wie eine kalte, glatte Eisschicht.

»Gern«, sage ich und räuspere mich, weil ich klar und deutlich sprechen will, und tatsächlich verstummen alle Gespräche, alles Gekicher und Getuschel wie auf Knopfdruck. Ich hebe endlich meinen Kopf und sehe nicht in die Menge der stummen Zuschauer, sondern nur in das spöttisch grinsende Gesicht meines Gegenübers.

»Ich nehme dich«, sage ich.

Scheiße«, murmelt jemand neben mir. Ich schau hin, es ist Lenni.

»Muss das jetzt?«, brummt Farid neben mir. Ich sag nichts. Starr nur dahin, wo gleich ein totales Unglück passieren wird. Warum macht Niko das?

Marko zieht sich jetzt extra langsam so ein Fettkostüm an, das rote. Vielleicht hat er jetzt doch Schiss. Als er es anhat, schwankt er kurz, bis er sein Gleichgewicht findet, dann zieht er vorne den Reißverschluss hoch und wirft sich die Haare aus dem Gesicht. Melinda macht synchron exakt die gleiche Bewegung: die reinste Marko-Kopie. Ansonsten stehen alle Leute um die komische Kampfarena herum, als würden sie die Luft anhalten. Drüben auf der anderen Seite entdeck ich Frau Mast. Sie guckt auch nur und macht nichts.

Irgendwie weiß echt jeder, dass das hier eine Ausnahmesituation ist. Eine verdammte beknackte Ausnahmesituation. Ich fühl mich wie in einem beschissenen Mittelalterfilm, in dem irgendwelche Männer sich Duelle liefern, und danach ist einer tot. Und die Frauen stehen blöd am Rand und halten sich die Augen zu.

Weil ich mir natürlich nicht die Augen zuhalte, seh ich, dass Marko jetzt Anlauf nimmt und auf Niko zuläuft. Er springt einfach auf ihn drauf. Niko geht sofort zu Boden und wird unter Marko und seinem roten Fettkostüm begraben. Neben mir hör ich noch, wie Lenni stöhnt: »Ich hab's gewusst«, da dreht sich die Situation. Niko wühlt seine Arme unter dem roten Plastikberg raus und wirft Marko wieder ab und plötzlich wird da doch so was wie ein Kampf draus.

»Weißt du eigentlich, was Marko über dich erzählt hat?«, hör ich Lenni neben mir fragen.

»Was denn?« Ich schau kurz von Niko weg.

»Er hat jedem was gesteckt, was du anscheinend über ihn gesagt haben sollst«, sagt Lenni. Er guckt mich nicht an, sondern verfolgt weiter den Kampf. »Also, jedem was anderes.«

»Aha«, sag ich. »Und was so, zum Beispiel?« Ich guck wieder zu Niko und Marko rüber. Die liegen inzwischen ineinander verkeilt da und rütteln aneinander rum. Mal fliegt ein Arm in die Höhe, dann ein Fuß. Ich verlier den Überblick, was davon zu wem gehört. Aber jetzt sieht das wenigstens aus wie ein fairer Kampf.

»Siri zum Beispiel denkt jetzt, du findest sie total arrogant. Und über Melinda hast du angeblich gesagt, dass sie dich die ganze Zeit kopieren würde.« Ich schlucke. Melinda steht mir genau gegenüber und guckt mit großen Augen dem absurden Sumokampf zu.

»Und was soll ich über dich gesagt haben?«

»Dass man's neben mir nicht aushält, weil ich dermaßen nach Schweiß stinken würde«, sagt Lenni und schaut mich jetzt doch an. Ich schau wahrscheinlich ziemlich doof zurück. »Hab's aber nicht geglaubt.« Lennis ernstes Gesicht löst sich in ein Grinsen auf. Ich versuch zurückzugrinsen, schaff es aber nicht so ganz.

»Ich bin auch nicht der Einzige« sagt Lenni. »Gibt noch ein paar mehr Leute, die auf eurer Seite sind.« Auf *eurer* Seite, sagt er.

Mitten in der völlig verknüllten Plastikplane drückt Marko grade Niko seinen Fuß in den Bauch.

ch rieche Schweiß und sonnenwarmes Plastik, und für den Bruchteil einer Sekunde habe ich mein hellrotes Kinderplanschbecken vor Augen, darüber tiefblauer Himmel und daneben meine Mutter mit wehendem sonnengebleichtem Haar, lächelnd. Als Nächstes bohrt sich ein Ellbogen in meinen Solarplexus, und ich verliere die Orientierung, wo oben und unten ist, und greife blind um mich herum, nur, um immer wieder an der glatten Plastikoberfläche von Markos künstlichem Körperfett abzurutschen, bis ich endlich irgendetwas Echtes zu fassen bekomme, Haut und Knorpel, ein Ohr. Markos Ohr.

Ich habe noch nie gekämpft. Seit ich auf der Welt bin, war ich in keine einzige Prügelei oder auch nur ein Gerangel verwickelt. Bei allem, was mir an Unrecht geschehen ist – eine Prügelei war nie dabei, als wäre mein Körper, der doch ständig verbalen Attacken ausgesetzt ist, für echte, körperliche Angriffe tabu, und wahrscheinlich kommt mir Marko auch jetzt nur so nah, weil er dabei diesen lächerlichen Ganzkörperanzug anhat.

Und jetzt habe ich Markos Ohr zwischen meinen Fingern und denke an Sera, die gesagt hat, ich solle mich prügeln, nur ein einziges Mal, und ich weiß, dass sie irgendwo zwischen allen anderen steht und mir zusieht. Sie steht irgendwo ganz nah und doch einen Kosmos weit entfernt von unserer merkwürdigen kleinen Kampfarena, in der es jetzt nur noch Marko und mich gibt. Und dann drücke ich zu.

Marko schreit auf vor Schmerz, und sein ganzer Körper wehrt sich, während ich quetsche, trete und klemme, stoße, schlage und würge, alles gleichzeitig, als müsse ich in den nächsten dreißig Sekunden alles nachholen, was ich in all den Jahren meines Lebens verpasst habe, als müsse ich alle Demütigungen wettmachen, die mir je widerfahren sind.

Marko brüllt wie ein verwundetes Tier, aber ich kämpfe völlig stumm, bis auch Marko aufhört zu brüllen. Jetzt ist nur noch unser Keuchen zu hören, bis ich Marko auf den Rücken gedreht habe und auf seinem im Fettanzug gefangenen Körper sitze, aus dem nur sein Kopf herausschaut.

Und ich bleibe immer noch stumm, als ich von oben auf sein blass gewordenes Gesicht mit dem keuchenden Mund und den zu Schlitzen verengten Augen runterschaue, die mich ansehen wie die Augen eines wehrlosen Meerschweinchens.

Mit der linken Hand drücke ich Marko weiter auf den Boden, völlig unnötigerweise, weil er sich gar nicht mehr wehrt. Dann hebe ich langsam meinen rechten Arm über den Kopf, bereit, meinem jahrelangen Peiniger meine Faust mitten ins Gesicht zu jagen. Ich werde seine Nase brechen, mehrfach, mit filmreif spritzendem Blut, bis er schließlich mehrere Zähne ausspucken und gebeugt davonschleichen wird!

Ich weiß nicht, worauf ich warte, vielleicht darauf, dass mich jemand aufhält, dass jemand »Halt!« schreit oder herbeispringt, mir die Hände auf den Rücken dreht und mich wegzerrt, aber da ist nichts, nur wattige Stille um mich herum, wie ein Bannkreis, durch den der Fritteusegeruch und das vielstimmige Gelächter des restlichen Festplatzes kaum hereindringen.

Ich starre Marko in die Augen und sekundenlang zwinkert keiner von uns beiden, dann lasse ich meinen Arm sinken und erhebe mich langsam, um seinen Körper freizugeben.

ch hör Farid neben mir aufatmen und irgendwer murmelt »Gott sei Dank«. Ich seh, wie Niko aufsteht, und wie er Marko, der wehrlos am Boden liegt, weil das alberne Sumokostüm ihn am Aufstehen hindert, die Hand hinstreckt.

»War ein fairer Kampf, oder?«, sagt Niko so laut, dass es alle hören können. Er atmet ganz normal, und seine Stimme, ist wie immer, tief und klar. Er zieht Marko hoch. Ich schau mich um. Keiner von den ganzen Leuten hier sagt was.

Marko ist ganz bleich und fängt an, sich mühsam aus dem blöden Fettkostüm zu befreien, und da denk ich plötzlich, dass er total klein aussieht. Aber außer mir schaut ihn sowieso keiner an, nicht mal Melinda, weil alle starren wie hypnotisiert Niko an. Der steht mitten im faltigen türkisen Plastikplanenberg. Er lächelt nicht oder so was, schaut einfach nur völlig entspannt irgendwo in den Himmel. Ich lächel auch nicht, jedenfalls nicht außen, weil, innen in mir drin, da grinst irgendwas mir bisher Unbekanntes von einem Ohr zum anderen.

Hunger?«, fragt sie, als sie mit einem Mal vor mir steht. Ich hätte für immer da bleiben können, die paradiesmeerblaue Plastikhülle um meine Füße ausgebreitet wie mein persönliches Siegertreppchen, den Blick in den blauen Himmel gerichtet, während die Zuschauer sich langsam vom Schauplatz meines unvorhergesehenen Triumphs entfernen.

Aber da steht Sera, gerade außerhalb des künstlichen Blaus, auf dem verdorrten Gras, und fragt mich ausgerechnet, ob ich Hunger habe. Ich lasse endlich meinen Blick sinken und sehe in ihr Gesicht. Ihre Augen sind schwärzer als je zuvor, und in den Augenwinkeln ist wieder dieses Glitzern, das sich weiter unten in den Mundwinkeln als Lächeln fortsetzt und das ich bis vor ein paar Tagen als Arroganz interpretiert hätte.

»Ob ich Hunger hab?«, frage ich zurück, völlig dämlich und so leicht wie noch nie. Sie nickt und hebt dabei eine Augenbraue, und ich weiß genau, dass die Frage nicht demütigend gemeint ist, sondern dass es eine ganz normale Frage ist, eine Alltagsfrage. Ich schüttle den Kopf. Ich habe Hunger. Aber nicht auf etwas zu essen, sondern auf etwas anderes, etwas Größeres.

Sera zieht auch noch die zweite Augenbraue hoch. Tausend Funken in ihren Nixenhaaren, in ihren MoSraugen. Und ich denke: der See.

Irgendwas ist anders mit dem, das merk ich sofort. Nicht, weil er sagt, dass er keinen Hunger hat, und auch nicht, weil er so langsam reagiert wie ein Kamel, das ausrechnet, wie lange das Wasser in der Wüste noch reicht. Es ist was anderes, irgendwas in seinem Blick. Deswegen weiß ich eigentlich schon, dass jetzt was Spezielles kommt.

»Lass uns zum See gehen«, sagt er nämlich, und da ist ja klar, was er vorhat.

»Was, jetzt? Ich hab kein Handtuch dabei, keinen Badeanzug und mein Bruder wartet da auch noch, und was ist mit deiner Oma«, fang ich an, und ich könnte noch Minuten weiterreden. Aber irgendwie weiß ich schon, dass so ein kleiner Satzabschneider in Nikos Ohr schon alles, was ich gesagt habe, geschluckt hat, bevor das überhaupt in sein Hirn vordringen konnte.

»Ja. Jetzt.«

»Okay«, hör ich mich sagen, bevor ich es selber so ganz kapiert hab.

Der See liegt unbewegt wie ein dunkel gewordener Spiegel im Schatten der Kiefern. Er sieht zugleich einladend und unheimlich aus, etwas Uraltes, ein Ort aus einer anderen Wirklichkeit. Dem See ist es egal, ob wir hier sind. Dem See ist es ebenso egal, dass ich Übergewicht habe, wie, dass Sera schön ist. Dem See ist es egal, wie das alles mit uns weitergeht, mit Sera und mir. Vielleicht kann ich deshalb einfach sagen, was ich sage.

»Du denkst wahrscheinlich, dass alles einfach wäre, wenn ich fünfzehn Kilo abnehmen würde oder besser zwanzig. Dann wäre es nicht peinlich, mit mir zusammen zu sein.« Ich mache eine Pause. Sie steht einfach nur da, unbewegt, sie dreht keine Haarsträhne auf und wippt nicht vom einen Bein aufs andere, sie lächelt nicht und sie sagt nichts, schaut einfach nur an mir vorbei ins Wasser. »Dann müsste dir auch der Kuss nicht leidtun.«

Sie schweigt, was soll sie auch sagen? Dann dreht sie plötzlich ihren ganzen Körper zu mir um und sieht mir ins Gesicht. Hält meinem Blick stand, eine Sekunde, zwei. Ihre Augen sind immer noch so schwarz wie der See, aber das abenteuerlustige Funkeln ist weg.

»Mir tut der Kuss nicht leid«, sagt sie. »Und außerdem: Ich hätt dich vielleicht nicht mal kennengelernt, wenn du zwanzig Kilo leichter wärst.«

Der schaut mich an und an. Als wollt er gar nie mehr aufhören damit. Kein Wimpernflackern, nur flaschenpostnikoaugengrün. Und total wach. Dann dieses winzige Lächeln, nur in den Augen und immer noch ohne Bewegung. Und dann. Dann nimmt er Anlauf. Ich seh ihn plötzlich total locker auf den See zujoggen, auf meinen See, und er bremst kein bisschen ab, bevor er mit beiden Beinen vom Boden abspringt, als wär er mit einem Mal zwanzig Kilo leichter.

Das Wasser ist eiskalt, beim Eintauchen fährt es wie ein scharfes Messer über meinen ganzen Körper. Meine Haut rebelliert sofort, all die winzigen Härchen stellen sich senkrecht auf, während sich meine Kleider augenblicklich komplett vollsaugen und ich mich absichtlich ganz weit nach unten tragen lasse. Als ich Grund unter den Füßen spüre, öffne ich die Augen. Um mich herum hat sich die Farbe des Moorwassers vom undurchdringlichen Schwarz in ein tiefes Gelb verwandelt, und im Licht, das von oben hineinfällt, wirbeln winzige Partikel umher, tanzender Unterwasserstaub. Ich stehe weich, denn der Grund von Seras See ist mit Algen und Wassergras bedeckt wie mit einem Teppich, und als ich da unten stehe und die vollkommene Stille des Sees mich ruhig macht, während mein Körper sich an die Kälte gewöhnt, denke ich, wenn ich hochkomme und sie steht noch da, dann wird das alles irgendwie weitergehen mit uns …

Und ich weiß jetzt auch nicht, ob es besser wär, einfach wegzurennen, weil, ist ja klar, dass der gerade wieder einfach übergeschnappt ist. Vielleicht hat ihn Marko bei dem blöden Kampf vorhin doch am Kopf erwischt.

Und in genau diesem Moment schwebt ein merkwürdiger Fisch an mir vorbei. Er schillert golden im gelben Wasser und ist geformt wie ein zu voll gepackter, unförmiger Koffer, aber trotzdem bewegt er sich so leicht, als hätte er kein Gewicht, und mit einem Mal denke ich, was ist denn schlimm daran, eine Tiefseequalle zu sein? Ich fühle mich plötzlich so leicht und unbeschwert, dass ich mir auf einmal vorstellen kann, dass sie auch reinspringt, denn schließlich ist das ihre Aufgabe – die Aufgabe, die ich ihr gestellt habe.

Aber auf keinen Fall werd ich da jetzt hinterherspringen. Ich bin ja nicht verrückt! Auch wenn ich es tausendmal versprochen hätte und das hab ich nicht mal so richtig. Wie er mit mir auf den Baum geklettert ist, das war sicher auch eine Überwindung für ihn, aber trotzdem – no way. Und dann mach ich mir plötzlich Sorgen, weil ich das Gefühl hab, dass der schon viel zu lang da unten ist, und ich geh näher ran, um zu schauen, wo er ist, weil, dass der jetzt da ertrinkt, das will ich natürlich auch nicht.

Und dann ist meine Lunge leer und ich muss auftauchen, ich stoße mich vom Grund ab und bewege mich langsam zurück nach oben und kurz unter der Oberfläche sehe ich mit einem Mal Sera gelb verschwommen ganz nah am Ufer stehen.

Dann steh ich direkt am Rand und seh Niko unter Wasser wie einen großen, dunklen Fisch, und der passt da so hin, und alles sieht überhaupt so passend aus, als hätte jemand die Zeit angehalten, die Welt, alles. Alles außer Niko und mir.

Und kurz bevor ich die Wasseroberfläche durchstoße, denke ich plötzlich, was wäre denn, wenn sie jetzt wirklich hineinspringt.

Zeitanhalter könnt das vielleicht heißen, das Ding, mit dem man das machen könnte, einfach die Zeit anhalten, wenn es einem grade gefällt, und ich denk, das muss ich Niko nachher erzählen, die Zeit müsste man anhalten können. Einfach anhalten, so lang man will. Und dann mach ich es einfach, lass mich fallen, vorwärts, dahin, wo ich mir grade eben noch geschworen hab, niemals reinzuspringen.

Wenn sich ihre Haare im schwarzen Moorwasser wiegen wie die weichen Unterwasserpflanzen und wenn sie dann spürt, wie leicht es ist, in diesem Wasser zu schweben, und dass wir beide eigentlich genau gleich sind in diesem Wasser, genau gleich nass und gleich moorschwarzgelb und gleich schwerelos, was dann? Ja, was dann?

Und da schlägt mir das Wasser auch schon überm Kopf zusammen und ist ungefähr das Kälteste, was ich je gespürt hab, und genau neben mir, da ist Niko, und das Letzte, was ich denk, bevor mein Kopf wieder aus dem Wasser rausschießt, ist: Das fühlt sich so was von gut an, dass ich jetzt hier bin und dass ich das hier mach, einfach total richtig.

Dank

Großer Dank gebührt meinen drei treuen Erstleserinnen und -kritikerinnen, Gisli, Martina und Christina.

In Liebe danke ich Christoph, der alle meine Geschichten zu Ende liest und des Nachts mit mir diskutiert.

Ein besonderer Dank gilt schließlich meiner Lektorin Barbara, die einen Blick für meine Geschichten und eine Liebe zu meinen Figuren hat, wie man es sich von einer Lektorin nicht wunderbarer wünschen kann.

Stefanie Höfler

Stefanie Höfler studierte Germanistik, Anglistik und Skandinavistik in Freiburg und Dundee/Schottland. Sie arbeitet als Lehrerin und Theaterpädagogin und lebt mit ihrer Familie in einem kleinen Ort im Schwarzwald. Neben *Tanz der Tiefseequalle* erschienen von ihr bei Beltz & Gelberg u. a. die Romane *Mein Sommer mit Mucks, Der große schwarze Vogel* und *Feuerwanzen lügen nicht* die alle für den Deutschen Jugendliteraturpreis nominiert wurden und *Helsin Apelsin und der Spinner.*

Stefanie Höfler
Feuerwanzen lügen nicht

Roman, 240 Seiten (ab 11), Gulliver TB 81346
Ebenfalls als E-Book erhältlich (75684)
Nominiert für den Deutschen Jugendliteraturpreis

Der hibbelige Nits, der ständig Sprüche macht, glaubt dem rundumtalentierten, hyperkorrekten Mischa alles. Dann kommt dieser eine Moment, der alles im Leben auf den Kopf stellt: Nits stolpert über unzählige Lügen seines besten Freundes und entdeckt, dass hinter alldem ganz andere Wahrheiten stecken. Nits beginnt, sich zu fragen, wer Mischa eigentlich ist.

Martina Wildner
Königin des Sprungturms

Roman, 216 Seiten (ab 11), Gulliver TB 74578
Deutscher Jugendliteraturpreis
Buch des Monats der österreichischen AG Kinder- und Jugendliteratur
Ebenfalls als E-Book erhältlich (74545)

Die 12-jährige Nadja kennt kein Leben ohne Karla. Tag für Tag gehen sie zum Sprungtraining – Auerbachsalto, Delfinkopfsprung. Nadjas Sprünge sind beeindruckend, aber Karla ist die Königin des Sprungturms, die die Leute zum Verstummen bringt. Doch von einem Tag auf den anderen gelingen Karla keine Sprünge mehr …

GULLIVER www.beltz.de